Jul.

愿你留一片天真

简嫃——著

浙江人民出版社

图书在版编目(CIP)数据

愿你留一片天真 / 简媜著.—杭州：浙江人民出版社，2020.10
ISBN 978-7-213-09769-0

Ⅰ.①愿… Ⅱ.①简… Ⅲ.①散文集－中国－当代 Ⅳ.①I267

中国版本图书馆CIP数据核字（2020）第105634号

愿你留一片天真

YUAN NI LIU YI PIAN TIANZHEN

简媜 著

出版发行 浙江人民出版社（杭州市体育场路347号 邮编 310006）
责任编辑 钱 丛
责任校对 戴文英
封面设计 山葵栗
电脑制版 飞鱼时光
印　　刷 大厂回族自治县德诚印务有限公司
开　　本 880毫米×1230毫米 1/32
印　　张 8.75
字　　数 131千字
插　　页 2
版　　次 2020年10月第1版
印　　次 2020年10月第1次印刷
书　　号 ISBN 978-7-213-09769-0
定　　价 46.80元

独处，也是一种短暂的自我放逐，不是真的为了摒弃什么，
也许只是在一盏茶时间，回到童年某一刻，再次欢喜。

明明心里延续着梅雨，脸上却必须堆垛着虚伪的晴朗。
生命之中，总难免有这样的季节。

旅行迷人之处正是在这里，扛着不轻不重的今生，
到处浏览自己的前生与来世。

总有一些温馨的东西，
随着生活的潮涨不知不觉地遗落于我孤单的沙岸。

深情即是一桩悲剧，必得以死来句读。

就这样躺卧沙滩，等待长舟，
梦着无人能追赶的梦。

认识你愈久，

愈觉得你是我人生行路中一处清喜的水泽。

万物各有其迷人的韵律，

而终究是以不同的方式在演算一道相同的定理。

目·录

第一章

水问

第二章

一瓢清浅

第三章

觅自己

第四章

夜的独白

第一章 水问

四月裂帛[1]

——写给幻灭

三月的天书都印错，竟无人知晓。

近郊山头染了雪迹，山腰的杜鹃与瘦樱仍然一派天真地等春。三月本来毋庸置疑，只有我关心瑞雪与花季的争辩，就像关心生活的水潦能否允许生命的焚烧。但，人活得疲了，转烛于锱铢，或酒色，或一条百年老河养不养得

[1] 2018.11.14 修订版

起一只螃蟹？于是，我也放胆地让自己疲着，圆滑地在言语厮杀的会议之后，用寒鸦的音色赞美："这世界多么有希望啊！"然后，走。

直到书店里一本陌生的诗集飘至眼前，出版多年仍然停在初版的冷诗，我们还是诗的后裔吗？于是，我做了生平第一件快事，将尘封在角隅的所有诗集买尽——原谅我鲁莽啊！孤独的诗人们，所有不被珍爱的人生都应该高傲地绝版！

然而，当我把所有集子同时翻到最后一页时，午后的雨丝正巧从帘缝蹑足而来。三月的驼云倾倒的是二月的水谷，正如薄薄的诗舟盛载着积年的乱麻。于是，我轻轻地笑起来，文学，真是永不疲倦的流刑地啊！那些黥面的人，不必起解便自行前来招供、画押，因为，唯有此地允许罪愆者徐徐地申诉而后自行判刑；唯有此地，宁愿放纵不愿错杀。

原谅我把冷寂的清官朝服剪成合身的寻常布衣，把一品丝绣裁成储放四段情事的暗袋，三行连韵与商籁体，到我手上变为缝缝补补的百衲图。安静些，三月的鬼雨，我要翻箱倒箧，再裂一条无汗则拭泪的巾帕。

1

无所事事的日子。偶尔
（记忆中已是久远劫以前的事了）
涉过积雨的牯岭街拐角
猛抬头！有三个整整的秋天那么大的
一片落叶
打在我的肩上，说：
“我是你的。我带我的生生世世来
为你遮雨！”[1]

在你年轻而微弱的生命时辰里，我记载这一卷佶屈聱牙的经文，希望有朝一日，你为我讲解。

如果笔端的回忆能够一丝丝一缕缕再绕个手，我都已经计算好了，当我们学着年轻的比丘、比丘尼入舍卫大城乞食，于其城中次第乞已，还至本处时，我要把钵中最大最美的食

[1] 引自周梦蝶《积雨的日子》。

物供养你，再不准你像以前一样软硬兼施、乘人不备地把一片冰心掷入我的壶。

我们真的因为寻常饮水而认识。

那应该是个薄夏的午后，我仍记得短短的袖口沾了些风的纤维。在课与课交接的空口，去文学院天井边的茶水房倒杯麦茶，倚在砖砌的拱门觑风景。一行瘦樱，绿扑扑的，倒使我怀念冬樱冻唇的美，虽然那美带着凄清，而我宁愿选择绝世的凄艳，更甚于平铺直叙的雍容。门墙边，老树浓荫，曳着天风；草色釉青，三三两两的粉蝶梭游。我轻轻叹了气，感觉有一个不知名的世界在我眼前幻生幻化，时而是一段佚诗，时而变成幽幽的浮烟，时而是一声惋惜——来自一个人一生中最精致的神思……这些交错纷叠的灵羽最后被凌空而来的一声鸟啼啄破，然后，另一个声音这么问：

“你，你就是简媜吗？”

我紧张起来，你知道的，我常忘记自己的名字，并且抗拒在众人面前承认自己，那一天我一定很无措吧！迟钝了很久才说：“是。”又以极笨拙的对话问，“那，你是什么人？”

知道你也学中文的，又写诗，好像在遍野的三瓣酢浆中找四瓣的幸运草：“哟，还有一棵躲在这儿！”我愉快起来就会吃人：“原来是学弟，快叫学姐！”你面有难色，才吐露从理学院辗转到文学殿堂的行程，倒长我二岁有余。我看你温文又亲和，分明是邻家兄弟，存心欺负你到底：“我是论辈不论岁的！”你露齿而笑，大大地包容了我这目中无人的草莽性情。那一午后我归来，莫名地，有一种被生命紧紧拥住的半疼半喜，我想，那道拱门一定藏有一座世界的回忆。

毕竟，我只善于口头称霸，随后与你书信往来，才发觉你瘦弱的身躯底下，凝练了多少雄奇悲壮的天质，而你深深懂得韬光养晦，只肯凿一小小的孔，让琢磨过的生命以童子的姿势嬉嬉然到我眼前来。我们不问身世只论性命，更多时候在校园道上相遇，也只是一语一笑作别，但我坚信：“这人是个寂寞过的人！”

那时候，你的面目早已因潜伏的病灶难靖，稍稍地倾斜着，反正已经割过了而且是个慢性子的瘤，就不必管吧，只在你心力交瘁的时候，才憔悴起来，我叫你当心，你复来的信不痛不痒地说：“今早文心课见你挽抱书本飘然而去，霎时间萌生一种远扬的感觉，没来得及跟你说。有回上声韵，下了课，正见你倦极而伏案，其时感觉也是一惊。记得有次夜深，与你不期然遇，你说从总图出来，回宿舍去。夜色下的你步履坚定，却透着层弱倦后的苍白。一直没能多问候你，反而是你看出我的憔悴。”你始终不愿意称我“简媜”，说这二字太坚奇铿锵，带了点刀兵；你宁愿正正经经地写下“敏媜”，说有了这“敏”字，行云流水起来，不遭忌的。我深深动容，你一片片莲灿，都为我惜生，而我能为你做什么？性格里横槊赋诗的草莽气质，总让我对最亲近的人杀伐征讨；难得有一回清清淡淡的小聚，临别时，我不经心蹿出那头兽，那忘情负义、恩将仇报的猛禽：“保重哟，下一次见面或九天，或九年。你清和的面容浮掠一丝秋瑟，宽怀地笑纳这些语锋契机，你报平安的信通常这么作结：写信、说话，欢喜日复一日。看你什么时候有空，小谈。我担心一语成谶。”

而后，我离了学院，日复一日载饥载渴，过的是牛饮而后快的星夜。偶有不死的诗心，才写些哀哀怨怨的信给亲近的人，你总是快快地回：“外出三天，深夜踏雨归来，檐前出现一小沓信。中有你亲切的字迹，你的信笺自然令我喜欢……我的病情，好好坏坏，终须挨上一刀才见分晓。近两个月来的抱病自守，旦夕之间，情知对于生命的千般流转，尽须付与无尽的忍爱。我想，他朝小痊，如你之奔驰，亦须这样。一步一履，无非修行。至此，我依然深心乐观，来日或聚，愿其时你的事业大势底定，我亦澡雪精神。”

我们深心乐观着未来，几次击掌切磋，暗暗以创格自许，不屑袭调。负气使才如我，滔滔洒墨，似欲与千夫万夫一拼。你见我清瘦异常，只吩咐我不可熬夜太累，我委屈了，说：“就活这么一次，我要飞扬跋扈！”你语重心长地说：“早慧，难享天年的，古来如此。”

你珍贵我这顽桀的生命，大大地甚于你自己的。那一回生日，你特地去寻玉送我，一龙一凤绕着净瓶（啊！会是观音的净瓶吗），你说鬻玉的老者称这块玉的肌理具荷质，返家的途中经过南海路，你去植物园的荷花池，轻轻地、轻轻地将这玉沁了又沁……你说：“生命恒有繁华落尽的感觉，只不过，不染淤泥！”

病魔却与你弄斧耍戟，你的眼开始不自觉地泪，夜半常因拭泪而难以入眠，你谦称这是宿业使然。在你卜居的深山穷野，你宛若处子与生灭大化促膝而谈，抱病独居的信，不改涓涓细流的字迹："有天半夜不能安睡，出至阳台。山间天象澄明，月光大片大片洒落一地。忽然间，我看见自己月下的影子，细细瘦瘦，怯怯地，触目竟十分眼熟，但那分明不是日光中的'我'。我呆呆地忖忖想想，啊，是了——是童话时代的'我'！我好感动地望着那片身影，然后牵他入梦。偶得一悟，心情愿如庄周，处于病与不病之间。"

你二度开刀，除去右颜面突变的肉瘤，我将一串琥珀念珠赠你，那是寺里一名师父突然脱下赠我的，我欢喜生命中"突然"的意象。你认真地戴在手腕，虚弱地在病榻上闭目。我又天真起来了，仿佛一名间谍，在你短兵相接的战场之前，先给你解药，你此后可以大胆地、无惧地去迎喂毒的流箭。病后，你说："我渐渐愿意把所有的悲沉、蒙昧、大痛、无明都化约到一种素朴的乐观上，我认为它是生命某种终极的境界。你知我知。"

最珍贵而美丽的，是你赴港念比较文学之前的半年。你诗写得少了，专志狼吞文学批评的典籍，你戏谑这是一桩"反美"的工程，但要我千万注意，你并非不爱美。我说："管你家的什么美不美，天天念原文书，把一个人念得豆芽菜似的！”你每星期总要回长庚医院追踪病情，我们相约在中午，趁我歇班的时刻，你教我念书。常常在市嚣流矢的小咖啡店里，你取出一沓白纸、一支钢笔，在喝了一口微冷的红茶之后，开始以沙哑沉浊的声音，为我唤来“福寇”（Michel Foucault），我静静地抱膝听着，进入神思所能触摸的最壮阔与最阴柔的空间，你的话幽浮起来：“……如今，书写已和献祭发生关联，甚至和生命的献祭发生关联……”我幡然有悟：“等等，我下一本书的架构出来了，你要不要听！”知识的考掘通常转化为创作的考掘，我是锈刀，拿你当磨刀石。你不也说了吗？我的生命太千军万马，终究不会听你这座“紫微”。实而言之，你是一则遥远的和平，为了理解你，我必须不断地战争。

有一回，茶冷言尽，你取出一张泛黄的黑白照片让我瞧：一名十岁男童倚在漫画书店的租台边，白白净净的，怯生生的，眼睛里有一股神秘的招引与微燃的悲喜，静静地与世界相看。我惊叹起来：“多美啊！是你吗？”你欢喜地说：“是！”

那一回，你送我回报社上班，沿着木棉击掌、槭实落墨的砖道，你微微地喟叹：“天！给我时间！”

香港一年，你终因病发大量呕血而辍学，从桃园机场直奔林口长庚，医师已开了病危通知书。你却幽幽转醒，看着床边来来往往的友好、同窗；或者，你还在等，养育的父母早已双亡，而亲生的父母——一年前你才知道自己的身世，茫茫人海的一隅，藏着你未曾谋面的亲生父母。我知道你等着见他们一面，期待从他们不知所措、尴尬困窘的眼神里萃取一点人世的安慰，那么至少在你二十八岁合眼之时，你不是个孤儿。

你那时已不能进食，肉瘤塞住口舌，话也不能说了。你见我来，兀自挣身下床，从杂乱的行李中掏出一块精致的香皂，多少年前，我说过一日三浴更甚于心头欢喜，你在纸上写着："多洗澡！"那一霎——那百千万亿年只可能有一回的一霎，我想狠狠地置你于死。

在你生命最后，我几度到了医院却无法上楼看你，想回向给你七七四十九遍的经诵终于不能尽读，我压抑每一丝丝、一缕缕、一角角关于你的挂念。只有两回梦见，一次你以赤子的形象从半空掠过，我仰首不复寻踪；一次你款款而来，白白净净的面目，我大喜，问："你好了？"你笑而不答，许久许久才说：“还没开始生病啦！”梦醒后，深深地痛恨自己，现世里的大欢大美被解构得还不够吗？连在可以做主的梦土，也要懦怯地缴械。我终究是个懦夫，不配英雄谈吐。

那么，敬爱的兄弟，我们一起来回忆那一日午后，所有已生已死的神鬼都应该安静敷座，听我娓娓诉说。

那一日，我借了轮椅，推你到医院大楼外的湖边，秋阳绵绵密密地散装，轮转空空，偶尔绞进砖岸的莽草。我感觉到你的瘦骨宛若长河落日，我的浮思如大漠孤烟。当我们面湖静坐，即将忘却此生安在，突然，遥远的湖岸跃出一行白鹭，抟扶摇直上掠湖而去，不复可寻。湖水仍在，如沉船后，静静的海面，没有什么风，天边有云朵堆聚着。

你在纸上问我：“几只？”

我答：“十二只。”你平静地颔首。

也许，不再有什么佶屈聱牙的经卷难得了你我。当你恒常以诗的悲哀征服生命的悲哀，我试图以文学的悬崖瓦解宿命的悬崖；当我无法安慰你，或你不再能关怀我，请千万记住，在我们菲薄的流年里，曾有十二只白鹭鸶飞过秋天的湖泊。

2

所以，如同亲人相见在一个夜晚

我们隔墙交谈

直到青苔爬上我们的唇

且淹没了我们的名字[1]

你把七年来我写给你的信还我，再也没有比这更苦涩的事了。

你在电话中说有东西要送我，约在医院门口见面，还要好好地晚餐。你的衣角仍飘荡着刺鼻的药味，这应是最无菌的一次约会。可惜的，惨淡夜色让你看起来苍白，仿佛生与死的演绎仍鞭笞着你瘦而长的身躯。最高的纪录是，一个星期见十三名儿童死去，你常说你已学会在面对病人死亡之时，让脑子一片空白，继续做一个饱餐、更浴、睡眠的无所谓的人。在早期，你所写的那首《白鹭鸶》诗里，曾雄壮地要求

[1] 引自爱蜜莉·狄金生《我为美殉身》。

天地给你这一袭白衣；白衣红里，你在数年之后《关渡手稿》这样写：

恐怕

我是你的尸体衣裳

非婚礼华服

并且悄悄地后记着："每次当病人危急时，我们明知无用，仍勉强地做些急救的工作。其目的并非要救病人，而是要来安慰家属。"

你早已不写诗了，断笔只是为了编织更多善意的谎言喂哺垂死病人的绝望眼神。也好让自己无时无刻不沉浸于谎言的绚丽之中，悄然忘记四面楚歌的现实。你更瘦些，更高些，给我的信愈来愈短，我何尝看不出在急诊室、癌症病房的行程背后，你颤抖而不肯落寞讨论的，关于生命这一条律则。

终于，我们也来到了这一刻，相见不是为了圆谎，是为了还清面目。七年了，我们各自以不同的手法编织自己的谎，的确也毫发未损地避过现实的险滩。唯独此刻，你愿意在我面前诚实，正如我唯一不愿对你假面。那么，我们何其不幸，不能被无所谓的美梦收留，又何等幸运，历劫之后，单刀赴会。

穿过新公园，魅魅魑魑都在黑森林里游荡，一定有人殷勤寻找“仲夏夜之梦”，有人临池模仿无弦钓。我们安静地各走自己的，好像相约要去探两个挚友的病，一个是七年前的你，一个是七年前的我，好像他们正在加护病房苟延残喘，死而不肯瞑目，等亲人去认尸。

“为什么走那么快？”你喊着。

“冷啊！而且快下雨了。”

晚餐。灯光飘浮着，钢琴曲听来像粗心的人踢倒一桶玻璃珠。餐前酒被戴着白手套的侍者端来，耶稣的最后晚餐是从哪儿开始吃起的？

“拿来吧，你要送我的东西。”

你腼腆着，以迟疑的手势将一包厚重的东西交给我。

“可以现在拆吗？”我心里有数，狡诈地问。

“不行，你回去再看，现在不行。”

“是什么？书吗？是《圣经》？……还是……真重哩！”我掂了又掂，七年的重量。

"你……回去看，唯一、唯一的要求。"

于是，我装作什么都不知道，继续与你晚餐，我痛恨自己的灵敏，正如厌烦自己总能在针毡之上微笑应对。而我又不忍心拂袖，多么珍贵这一席晚宴。再给你留最后一次余地，你放心，凄风苦雨让我挡着，你慢慢说。

"后来，我遇到第二个女孩子，她懂得我写的、想的，从来没有人像她那样……"你说。

"我察觉在不知道的地方，有一种东西，好像遥不可及，又像近在身边；似在身外，又似在身内，一直在吸引我。我无法形容那是什么——或许是使得风景美丽的不可知之力量；或许是从小至今，推动我不断向前追求的不能拒绝之力量；或许是每时每刻我心中最深处的一种呼唤、一种喜悦、一种梦；或许是柯勒律治（Coleridge）在他的《文学传记》所述的'自然之本质'，这本质，事先便肯定了较高意义的自然与人的灵魂之间，存在着一种'关联'……想着，想着，《关渡手稿》就在这种心境写下来……"年轻的习医者在信上写着。

“她懂你像你懂自己一样深刻吗？”我问。

“我试着让她知道，我为什么而活。”你说。

“来此两个多星期，天天看病人，跟在医院无两样。空闲多，看海与观星成了忘我的消遣。我很高兴能走入‘时间’里去体会时间的分秒之悸动。《圣经》上说，人生若经过炼金之人的火及漂布之人的碱，必能尝到丰溢的酒杯。于是，我更能体会濒死病人的呻吟，可以真实地走过病眼深处的波浪洪涛。在‘你的瀑布发声，深渊就与深渊响应’之际，虽然长夜仍然漫漫，我仍旧守候在病人的身旁，守候着风雨之中的花蕾，守候着天发亮的晨星……这是我衷心想告诉你的……”在东引海边的军营里，有一封信这么写。

“为了她，我拒绝所有的交往，我告诉另一个女孩子，我在等人；她哭了，也嫁人了。”你颓唐起来。

“啊！”我说，“这个女孩子真是铜墙铁壁啊！是你不能接受她是个非基督徒，还是她不能接受你的主？”

“我曾由只要去爱不是去同情的初学者，变成现在差不多以赚钱为主的医匠。我甚至陷在希望借研究与学术发表演讲来满足内心好大喜功之欲望里而不可自拔，我甚至怕自己突然因某种原因而死亡（很多医师因工作太累，开车打瞌睡而被撞死）。目前，我正在钻研一种‘内生性类似毛地黄之因子’，我渴求能在两年内把它分析出来公之于世，以满足一己暂时的快感……我不知道我是谁。我渴望婚姻，但也害怕婚姻带来的角色改变，我是痛苦的空城。直到，我碰到了‘她’，我非常喜欢和她做朋友，但我的直觉和教会及所有的人认为我不能和一个非基督徒结婚。我相信我有能力做她的好朋友，但我不知道能否做她的好丈夫。我不能接受夫妻因信仰所发生的任何冲突，我又很希望她过着幸福快乐的日子，我当然希望结婚的对象也是基督徒……我可能选择独身，我是矛盾的人。”他写给她的第四十二封信。

“的确，”我啜饮着烫舌的咖啡，“天上的父必然选择他地上的媳，如同平凡的妇人也想选择她天上的父。”

“我不懂她心中真正的想法，她真是铜墙铁壁！”你说。

“她或许了解你的坚持，你却不一定进得去她固执的内野。你们都航行于真理的海，沿着不同的鲸路。你只希望她到你的船上，你知道她的舟是怎么空手造成的？她爱她的扁舟甚于爱你，犹如你爱你的船甚于爱她。如果你为她而舍船，在她的眼中你不再尊贵，如果她为你而弃舟，她将以一生的悔恨折磨自己。的确，隐隐有一种存在远远超过爱情所能掩盖的现实，如果不是基于对永恒生命衷心寻觅而结缡的爱，它不比一介微尘骄傲。你们曾经欢心惊叹，发现彼此航行于同一片海洋；现在，却相互争辩，只为了不在同一条船上。假设，她愿意将你的缆绳结在她的舟身，不要求你弃船，那么你能否接受她的绳，不要求她舍舟？如果比身并航也不为你的宗教所允许，你只有失去她，永远地失去她。”

“我是一个失败的证道者！”你喟然着。

“不！”我说，“如果你不曾真诚地摊开你的内心，她早就成为你痛苦的妻。当你朗诵诗篇二十三给她：‘耶和华是我的牧者，我必不至缺乏。他使我躺卧在青草地上，领我在可安歇的水边。他使我的灵魂苏醒，为自己的名引导我走义路。’你要相信，她因这份感动才答应自己去寻找另一处无人到过的迦南美地。如果她在你心中仍然美丽，就是因为这一身永不妥协的探索与敢于迎战的清白足以美丽。她一生不曾侍奉任何的主，而她赞美你，等同赞美了上帝。你信仰了主，你当终生仰望，你既然住着耶和华的殿，享有他赐予的粮，你何苦再寻一座婚姻的空壳？我只听说有人千方百计将他的茅屋改成宫殿，未曾闻过在宫殿里另筑茅舍。你成全了她走自己的义路，这是你给她最大的福音。她住在她那寒碜的磨坊，无一日不在负轭、磨粮，你要体会，不是为了她自己，为了不可指认、不能执着的万有——让虚空遍满琉璃珍珠，让十五之后日日是好日，让一介生命甘心以粉身碎骨的万有；如同你活着为了光耀上帝。你要眼睁睁看她怎么粉碎，正如她眼睁睁看你七年。”

她写给他的最后一封信这样落笔：

“在我心目中，你一直是个尊贵的灵魂，为我所景仰。认识你愈久，愈觉得你是我人生行路中一处清喜的水泽。

为了你，我吃过不少苦，这些都不提。我太清楚存在于我们之间的困难，遂不敢有所等待，几次想相忘于世，总在山穷水尽处又悄然相见，算来是一种不舍。

我知道，我无法成为你的伴侣，与你同行。在我们眼所能见、耳所能听的这个世界，上帝不会将我的手置于你的手中。这些，我都已经答应过了。

这么多年，我很幸运成为你最大的分享者，每一次见面，你从不吝惜把你内心丰溢的生息倾注于我的杯。像约书亚等人从以实各谷砍了葡萄树的一枝，上头有一挂葡萄，又带了些石榴和无花果来……你让我不至变成一个盲从的所知障者，你激励我追求无上自由的意志，如果有一天我终能找到我的迦南之野，我得感谢你给我翅膀。

请相信，我尊敬你的选择，你也要心领神会，我的固执不是因为对你任何一桩现实的责难，而是对自己个我生命忠贞不贰的守信。你甚美丽，你一向甚我美丽。

你也写过诗的，你一定了解创作的磨坊一路孤绝与贫瘠，没有一日，我卑微的灵不在这里工作、学习。若我有任何贪恋安逸，则将被遗弃。走惯了贫沙，啃过了粗粮，吞咽之时竟也有蜜汁之感，或许，这是我的迦南地。

不幻想未来了。你若遇着可喜的姊妹，我当祈福祝祷。

你真是一个令人赞叹的人，你的杯不应该为我而空。

就这样告别好了，如你所言，信与不信不能共负一轭。”

3

没有你眼睑光芒的指引，我在夜里

迷了路，而在夜色的环抱中

我再次诞生，主宰自己的黑暗[1]

百般凌虐你，你都不生气，或，只生一小会儿气。好似在你那里存了一笔巨款，我尽情挥霍，总也不光。有时失了分寸，你肃起一张沧桑后的脸，像一个蹇途者思索不可测的驿站，我就知道该道歉了，摸摸你深锁的额头说：“谁叫你欠我，不生气，生气还得付我利息。”

常常在早餐约会，或入了夜的市集。热咖啡、双面煎荷包蛋、烘酥了吐司，及三份早报。你总替我放糖、一圈白奶，

[1] 引自聂鲁达《爱的十四行诗》第57首。

还打了个不切实际的哈欠。我喜欢晨光、翻报、热咖啡的烟更甚于盘中物，你半哄半骗，说瘦了就丑，我说：“喂，就吃！”你果真叉起蛋片进贡而来，我从不吝惜给予最直接的礼赞：“今天表现不错，记小功一次。”

早晨恒常令我欢心，仿佛摄取日出的力量，有了奔驰的野性及征服的欲望。早晨对你这个航行于各国天空的商场人士却是苛责的，你雾着一张脸，听我意兴风发地擘画每一桩工作，帮你整理当日的行程及争辩的重点；战役的成果未必留给我们，但我们联手打过漂亮的仗。

入夜的城市更显得蠢蠢欲动，入夜的我通常是一只安静的软体动物，容易认错、善于仆役，不扎别人的自尊。你活跃于墨色的时空，以锐利的精神带着我游走于市集，你说人在异国时，最怀想的是夜市小吃；一碗卤肉饭、石斑鱼汤、水煮虾是令人难忘的饮食起居。我善于剥虾、剔无刺的鱼肉，伺候你。你尽管放心地细数我的不对，定谳白日的蛮悍，我一向从善如流，乖乖地向你忏悔。

当市集悄悄撤退，夜也恹了，我打起一枚长长的哈欠，你说：“走吧！回家。”你走你的路，我走我的归途。这城市无疑是我们巨构的室家，要各自走过冗长的通道，你回你的空荡卧室，我有我的蜗居睡榻。

那么，的确必须用更宽容的律法才能丈量你我的轨道。你不曾因为我而放弃熟悉的生命潮汐——不管是过往的情涛、现实的波澜，或即将逼近的浪潮；我也不必为你而修改既定的秩序——我有我不能割舍的人际、工作的程序及关于未来的编排。当我们相约，其实是趁机将自己从曲曲折折的轨道释放出来，以大而无当的姿势携手、寻路。你年逾中岁的音色里仍留有不肯成熟的童话，我绽放的华容仍忘怀不去初为儿女的姿意；你时而化童时而老迈，我时而为人时而原兽，我们生动地演出内心被禁锢的角色，以城市为舞台，行人当盲目的观众。那些令人疲惫的典章制度不容推翻总可以暂忘，你虽然抱怨半生颠踬无以转圜，我却不曾怂恿你或然言弃——那些包袱早已变成心头肉，在我们分手后仍然继续由你背负。如是，我期望每一次相聚，透过理智的剖析与情感之疏浚，更助益你昂然驼行。我深知，情会淡爱会薄，但作为一个坦荡的人，通过情枷爱锁的鞭笞之后，所成全的道义，将是生命里最昂贵的碧血。因而，你可以原始地袒露，常常促膝一夜，谈你孑然成长的大江南北、谈梦幻与现实互灭、谈你云烟过眼的诸多女人……常常，我看到那一颗多年未落的噙泪。

同等地，我得以在你身上复习久违的伦常，属于父执与兄长的渴望。过于阴柔的家境，促使我必须不断训练自己雄壮、模仿男系社会的权威，而我生命的基调，却是要命的抒情传统，三秋桂子、十里芰荷的那种，遂拿你砌湖，我得以歌尽舞影，临水照镜。实则如此，每一桩生命的垦拓，需要吮取各式情爱的果实，凡是亏空的滋味，人恒以内在的潜力去做异次元的再造。你在不知不觉中已被我修改，按我心中的形象发音；正如我愿意为你而俯身，将自己捏成宽口的罍，以盛住你酒后崩塌的块垒——任何一桩情缘，如果不能激励出另一种角色与规则，以弥补梦土与现实之间的断崖，终究不易被我珍爱。

于是，我们很理智地辩论着婚姻。

你说，不曾歇息的情涛，总难免落得一身萧索，过往的女人不是不爱，却发现愈爱得深愈陷泥淖；我说，这是剥夺，爱情之中藏有看不见的手。你说，如果我们结婚如何？我问，你视我为何？难道纷落的情锁不曾令你却步？你说，我在你心中不等同于女人，属于一种透明的中性——像白昼与黑夜，时而如男人清楚，时而如女性张皇，你能充分享受诉说，从最崔嵬的男峰吐露至最婉柔的女泽（你有时细心得像一名婢女），我欢愉你所陈述的，那表示，一个人对他（她）内在生命做多元创造的无限可能。而我开始叙述，关于多年来我们另辟蹊径，如今俨然自成轨道的情爱（请注意，放弃世俗轨道的通常要花更多心血为自己领航，且不再有回头的可能）。我们成就一种无以名之的关联，住在无法建筑的居室，我不要求你成为我的眷属如同我厌烦成为你的局部，你不必放弃什么即能获得我的情谊，我亦有难言的顽固却能被你呵护，我们积极相聚也毫不挣扎地品尝舍离，遂把所能拥有的辰光化成分分秒秒的惊叹。如果爱情是最美的学习，我愿意做证，那是因为我们学到了布施胜于占取，自由胜于收藏，超越胜于厮守，生命道义胜于世俗的华居。想必你了解，婚姻只是情爱之海的一叶方舟，如果我们愿意乘桴浮于海，何必贪恋这短暂的晴朗——要纵浪就纵浪到底吧！我已拍案下注，你敢不敢做庄？

我们还要一座壳吗？让壳内众所皆知的游戏规则逐渐吞

噬我们的章法。以我不靖的个性，难以避免对你层层剥夺；以你根深蒂固的男系角色，终究会逐步对我干涉。原宥我深沉的悲观，婚姻也有雄壮的大义，但不适合你我——我们喜于实验，易于推翻，遂有不断地、不断地裂帛。

我情愿把这城市当成无人的旷野，那一夜，我爬上大厦广场的花台，你一把攫住，将我驮在肩上，哼着歌儿，凛凛然走过街道；被击溃之后如果有内伤，那内伤也带着目中无人的酣畅。

在捡来的短暂时空里，我们散坐于城市中最凌乱的角落，脱鞋盘坐，抽莫名其妙的烟，喝冷言热语的啤酒，我将烟灰弹入你的鞋里，问："欸，说说看，嫁给你有什么好处？"

你提鞋，将灰烬敲出，说："一日三顿饭，两件花衣裳，一把零用钱。"

我又把烟灰弹进去："废话，谁稀罕这些？"

你捏着我的颈子："——再弹一次看看！"

我喝口酒，又把烟灰弹进去。

4

我要走一条偏僻的长路

遗忘你

最好的诗，用来饲养蠹鱼

正如沧海

向桑田奔去[1]

你怎么来了？

明明将你锁在梦土上，经书日月、粉黛春秋，还允许你闲来写诗，你却飞越关岭，趁着行岁未晚，到我面前说：“半生漂泊，每一次都雨打归舟。”

我只能说：“也好，坐坐！”

关于你生命中的山盟与水逝，我都听说。在茶余饭后，你的身世竟令我思谋，什么样的人，才能与秋水换色；什么样的情，才能百炼钢化成绕指柔。我似乎看到年幼时的你，

[1] 引自作者之诗。

已然为自己想象海市蜃楼，你愿意成为执戟侍卫，为亘古仅存的一枚日，奉献你绚霞一般的初心。

那么，请不要再怪罪生命之中总有不断的流星，就算大化借你朱砂御笔，你终究不会辜负悲沉的宿命，击剑的人宁愿刎颈，不屑偷生。这次见你，虽然你的眉目仍未能廓然朗清，倒也在一苇杭之之后，款款立命。你要日复日吐哺，不吐哺焉能归心。

把我当成你回不去的原乡，把我的挂念悬成九月九的茱萸，还有今年春末的大风大雨，这些都是你的。或许有一日，我会打理包袱前去寻你，但你要答应，先将梦泽填平，再伐桂为柱，滚石奠基，并且不许回头望我，这样，我才能听到来世的第一声鸡啼。

你走的时候，留下一把锁匙，说万一你月迷津渡，我可以去开你书中的小屋。我把指环赠你，尽管流离散落，恒有一轮守护你的红日，等候于深夜的山头。

你说："还要去庙里烧香，像凡夫凡妇。"

那日，我独自去碧山岩，为你拈香，却什么话都没说。

这就是了，季节的流转永不会终止，三世一心的兴观群怨正在排练，我却有点冷。也许应该去寻松针，有朝一日，或许要为自己剪裁征服。

四月的天空如果不肯裂帛，五月的袷衣如何起头？

在密室看海

姐妹

同时诞生的人，能同时看懂一幅风景吗？

暮春与初夏接驳之夜，时间如空中爬行的蜗牛，沉寂、迟缓，兀自流淌透明涎液。她抱膝坐在床上，头搭着膝盖，像洪荒时代遗下的一方顽石，抗拒被风雨粉化以至于显出轻微的焦虑。此刻，她的视线穿过积尘的玻璃窗向外漂泊，首先是一棵枯瘦香树，以自身作为虫蚁盛宴的，在树背后是一堵倒插玻璃碎片的水泥墙，预防夜贼或蛇。当她学会以意念穿透黑暗冥游远处风景之后，玻璃碎墙反而具有破碎的美感，她常常刻意在上面逗留，想象参差的玻璃尖划过脚底时，那种带血的痉挛。

墙外几步，废弃场是热闹的，再繁盛的城市总有瘫痪的角隅。只要有人抱着破电视，模仿先知的口吻指出："这是畸零者圣地！"那地便着魔似的涌进残败、畸零族裔。废冰箱、驼背沙发、沾血摩托车、退潮服饰或结束床笫关系的弹簧垫，好像流行病疫，突然那么多人发现生活里充满待弃事物，再也容不下残兵败将。她坐在自己床上，无数次从风吹草动、断续语声中窃听"丢弃"的意义，轻微或笨重，无法逃过她的听觉。她知道废弃的感觉会繁殖，那块圣地终将构筑残破者的王国。这些时间战场的伤兵在莽莽苍苍的芒草丛下，反刍过往荣华，分泌不能解体的孤独。此刻，她不必借用感官，即能嗅闻废弃王国飘来的猫臊，听见破败者数算未褪尽的颜色与尚存肢体，在暗夜里喃喃自语。

那是个黑海，她想，沉浮着记忆之尸。永无止境的潮浪喧腾着，越过芒丛、围墙，直接扑破玻璃窗涌入她的房间，以龙卷式转身卷走这间房，仿佛对这栋大屋而言，她的密室是令人憎恶的肉瘤，多余、丑陋，而潮浪将携带它归返畸零圣地。她无法根除这种臆想，被弃的感觉反复练习之后不会痛，只是让肢体长满尖牙似的匕首，当自己拥抱自己时，听到金属与骨骼的奏鸣。

有人开大门，钥匙丢入铁盘，接着一阵噼啪，所有的灯亮起来。这女人曾经说，开关是屋子的纽扣，只有鬼才害怕裸裎，人住的屋子就得亮，所有的扣子都该剥开。她感到安全，最后一定进这间房开灯，那是她每晚的返家仪式。她知道她，跟黑有仇。

“不是答应我开灯吗？”她一面褪耳环，一面绕过来连桌灯也按了，“乌漆抹黑的，又不是坟墓。”

“去哪里？这么晚。”

“你管。”

她一路剥除配件、衣服，随处松手，动物式的路径纪录。服饰是女人的战备，如同化妆品与香水保留巫教时代的猎灵传统，一个穿上猎装、斜背弓箭，以朱膏涂臂伪饰伤口的少女不再是少女，她已捕攫猎人之灵，立即拥有勇猛能量，可以随时蹿入鬼魅森林追猎野猪。她相信这些，服饰唤醒女人体内冬眠状态的潜能，构筑陷阱，营造情境，征服倾向胜于乞怜式的取悦。她的征战理论不需要大衣橱像军医院一样妥善照顾伤兵，衣饰所在之处保留上一场战役的烽火硝烟；瓦斯炉旁一只 K 金镂花耳环，另一只可能在盥洗室漱口杯内，活在不得已的战场上，骨肉也得分离的。她像极了一天死一回的战士，次日醒来，配齐了项链、发饰、皮带、戒指或巴黎某名牌的神经性香气，又是一个绿油油的自己，活得饱饱的。人需要记忆吗？记忆是所有痛苦的储藏室，她的归类很简单，可抛与不可抛的记忆，然而因为每天死一回，不可抛的也在复印过程中渐次模糊。

等到她走入自己房间，差不多一身光溜了。穿衣镜映出年轻且丰盈的胴体，对女人而言，凝视自己的裸体就像翻阅日记簿一样，看到时间这一匹快马如何呼唤山峦、踏蹄成河，自成一个神秘且灿烂的丛林世界。镜面如雾，在荡然的光影中，她的脸带着一股难驯的野性，天塌下来也能活出个形的。她从小希望这张脸独一无二，跟美丑无涉，唯一就是唯一。

然而，另一张脸也映入镜中，苍白、消瘦，整个人像一根倒竖的不锈钢长柄汤匙，参差短发如被一群猎犬啃出来的。从镜面中，加个黑框，那张与她酷似的脸差不多可以当溺毙者的遗照了。

“又有什么事？”她不耐烦。

“你下班都去哪里？为什么这么晚？”

她感到自己的身体蹿起乱火，烈焰围烧心脏似的，回身推她按到床上：“你没有资格管我，你不是妈妈，讲几百遍才懂，你是你，我是我，各过各的不行吗？为什么……为什么……”

她一急就呛，可以咳出一桶鱼似的。她替她抚拍，裸背渗汗夹杂微尘散出女体味道，如酷夏雷雨之后，青草喘出的气味，这香冲入鼻腔使她的灵魂活络起来，又回到生命现场，扎扎实实知道自己所在之处，没有迷失与恐慌。她递给她水，低声说：“对不起……以后不问了。”

走出房间，一路将胸衣、窄裙、皮带、衬衫、丝袜捡齐，搭在沙发背，这也是每晚的仪式，亲手把完整的妹妹放好，然后回到自己的房间，面向墙壁躺成一张弓。壁上挂钟，针脚移动，像两个抽搐的瘦子偕伴从地狱走向天堂，正巧经过人间。

有人开灯。

“姐……”她爬上她的床，从背后搂她，“我想妈妈……”

“几点了？”

“两点十分。”她的眼光在墙上游荡。这房子潮了，天花板长壁癌，白色粉团悬在那儿像个蜂窝，每隔一阵子，姐用扫帚捅它，死也不肯换个房间。

姐喜欢把记忆钉在墙上，机票票根、哲人箴言、不知哪里剪来的昆虫图，拼拼贴贴裱成一个没有时间的世界。她一直戒不掉买相框的毛病，好像什么东西只要框起来就不朽，也真有本事搜罗那么多不同材质、形状殊异的框子。占据半面墙的家庭相片，配了框后宛如乱葬岗，大大小小颇有族繁不及备载的热闹，其实翻来覆去都是三条人影在时间舞台上分饰各个角色而已。戴红色草帽的妈妈年轻时候，夏日沙滩上妈妈的裸足印，那是妈妈生前挂的。她在这房间咽了气，最后一句话讲得像雷雨湖面上的枯草，浮浮沉沉。她想，这屋子特别潮或许跟妈妈有关，有些女人生前不肯低头掉泪，死后会回到眷恋之地把泪还回来。姐搬入这房间后，那些照片像繁殖一样，从姐妹俩挤在澡盆内的婴儿照，到一个穿水兵装行军礼，一个穿蕾丝边洋装捧玫瑰花的六岁生日照……挂得比相馆还大队人马。这辈子跟她要最多照片的是姐，少女时代的学生证、出社会后的郊游照，她当作宝贝一样把人头剪得齐齐整整，配上自己的照片，写上日期框在一块儿，这倒不难，双胞胎的好处是时间刻度一样，拿对方纪年就行了。她骂过姐：“……有毛病啊！你不觉得无聊吗？”姐瞅着她，眼睛流露无邪的光：“怎么会？给妈妈看嘛！”她反驳说：“要是妈妈的魂回来，看人不就得了，还需要照片干吗？”姐的理由是另一个世界没有时间：“妈记得的是我们十八岁的样子，得让妈先看照片，她才知道躺在床上的两个三十岁的女人，真的是她女儿。”

一派胡言，她想。姐不钉别面墙，密密麻麻挂满靠床的这面，好像怕这墙跟屋子脱离关系，得用钢钉去刻骨铭心才行。或许，也为了睡梦时不至于飘到陌生地方而迷惘。

“妈如果不当妈妈，不知道会变成什么？”她发现姐的领口有一条脱轨的线，凑嘴咬下，拎到姐的手臂上，用手指搓成小疙瘩，“妈好像什么事都能编成故事，你记不记得有一次她买两条鱼，一条叫你的名字，一条我的，要我们闭上眼睛从尾巴开始摸，她就说这条是鸟变的，那条是沉下去的船变的之类，我实在很讨厌鱼摸起来的感觉，湿湿黏黏的……”

“还没摸到鱼头，你就哭了。”

她把小疙瘩弹至空中，重新搂着姐姐：“是啊，真丢脸。我记得妈还说，摸到最后可以摸到鱼的……”

“眼泪。”

姐

妈妈对着大海叫她的名字，是个暗夜，她记得。

连续豪雨，矮墙头的野蕨猖狂起来，那种长法接近挑衅，非把一整排碎玻璃嚼烂，朝天空吐净才甘心。一整天，她坐在窗前素描，笔下的蕨叶像泡过水的羽毛，没半点野性。黄昏袭来，暗影笼罩着白纸上纠缠不清的线条，笔路怎么牵扯都像没有出口，跟她的人生一般乱。

离职快半年了，妹妹盯着，才勉强翻报纸，圈几个人事广告打打电话，到处都在招人可又不缺人。她想，在别人眼中，她不过是圣诞树上的装饰吧，多一个不觉得更炫丽，少了也无损节庆的欢腾。多年职场经验不断提醒她“回纹针型人物”的地位，不管包上什么颜色，一枚高挑的 S 极尽卑躬屈膝之后就成为咬不住什么的回纹针。她记得那件事，明明用回纹针把几张重要文件别在一起放主管桌上，丢了一张。终于从桌底下找到那张盖满皮鞋印的文件时，她的主管如一捆骚动的炸药，拿起订书机在她面前示范如何“乱枪订死”几张纸，然后要她重输一份干净的，下班前交。她附上辞呈，用回纹针别在那份被她上下各订成一排虚线的重要文件上。

一向照准。像她这样的回纹针，在丛林似的办公室生态里到处都是，地上、垃圾桶内不知凡几。慰留与道别餐会显得矫揉造作且浪费时间，何况没有人想到为她做这些。她一向没什么好收拾的，更无须交接，她的职务内容都在电脑人力资源管理档内，下一枚回纹针只要输入部门名称及自己的代号，电脑会告诉她所有的工作内容。她明白，不会有人在宝贵的记忆区里构筑专属巢穴保留她，她像西斜阳光照在刚哭过的流浪汉眼睛上针尖般的反光，轻微得没有重量。踏出玻璃帷幕大楼，冷雨天空起了风，过客与风是孪生的，从杳无人烟的驿站到废船麇集的港口，如此一生。

也许，只有妈妈在险浪喧腾的心海里为她们姐妹筑一个暖巢，用春季柔软的香草与候鸟落羽编成；她愈活愈贴近妈妈的心，追溯一个女人高高举着巢，独身涉海寻找陆地的艰难。当她与妹妹像两只幼雏躺在巢中嗅闻草香而酣眠时，她们无法想象一向灿如星月的妈妈，是否在泅游途中被邪恶的水鬼抱住脚踝而兴起海灭的念头。

照片里，戴红草帽的妈妈原本有一双慧黠的眼睛，也许光线关系，却像渔港初雾：草帽太大了，整个人似一朵即将飞扬的酒红波斯菊。她推算拍这张照片时已怀了孕，腹中那位哥哥——她现在已能平静地承认他，恐怕也无法预知七年之后因自己猝死导致妈妈结束第一次婚姻，拎一口破皮箱离开盛产粮食的燠闷农村。印象中，从未看过那顶红草帽。那年代，敢戴红草帽骑迷你脚踏车到镇上看文艺爱情片的女人，在邻里间大约得不到“良家妇女”的封赏。妈妈是那种遇山开路、逢水架桥的人，离家出走那一日——她直觉认为是个蝉嘶夏天，穿过竹树围拱的乡间石路，任阳光在身上洒下碎影的妈妈，脑海里盘算的，绝不是一顶红草帽或失婚女人的面部表情。她相信，擅长编造故事、剥除过期情感的妈妈，一路铿锵抛甩身上的记忆，终于把自己剥成一块面带微笑的冰。

第一次见识妈妈剥除记忆的暴力，大约在六岁那年。半夜，她与妹妹被重物击地的声音惊醒。

她们住在高级区，二楼住家，楼下是妈妈开的精品店，服饰兼精致舶来品。在濒海的新兴商镇，没有人比妈妈更懂得疼爱女人的痴情与绮梦，她在店内巧心布置拍照区，让换上流行服饰的女客免费享有自己的倩影，妈妈疼她们几近纵容，不买光试穿留影也行。背景无非是两棵卿卿我我般的假椰树、蔚蓝海洋布画及一把沙滩躺椅，极简单的热带风情。妈妈移前移后选角度，哄她们回到最喜悦时光找到那朵笑容：神秘的、羞赧的或从未在男人面前流露过的一抹野性。女客买了服饰，又三天两头探问照片洗出来没？总得等底片照完才能洗呀，她们急得跟孩子一样，嘴巴上又故作从容，天天提菜篮、牵小孩聚在店里闲谈，聊久了也不新鲜，干脆热烘烘地帮忙招徕生意，各自怂恿姐妹淘前来购买，店内生意好得不像话。妈妈说，再平凡的女人都要人疼，要不然糟蹋了。

那夜，她与妹妹躲在楼梯口，“剁剁”的声音从拍照区传来，没看见跑船回来才几天的“爸爸”——她一直到现在仍无法祛除说出这两个字时所引起的海啸似的耳鸣。妹妹胆子大，踩过满地衣饰、倾倒的橱柜站在妈妈背后喊着。抱着楼梯栏杆的她，闻到空气中扬散着酒臭，从男人口中溢出仿佛尸腥的气味；从栏杆缝往下看，她看见那两棵假树被推倒在地，妈妈正用菜刀砍成大段，背部起伏宛如豹奔。妹妹又喊一声，突然天地俱寂，铅矿似的肃静压在妈妈背上，她轻轻放下刀，慢慢站起拢一拢头发，转身，在昏黄光晕中绽出一朵浅笑，抱起妹妹，用她们熟悉的、浸过蜜汁的小提琴弦般的声音昵昵地问：“怎么还没睡呢？我的小坏虫！”接着，妈妈仰头凝视她，微光晃漾，那眼神如瀑布中倏然蹿出的流星蛱蝶，带着水淋淋的痴迷与诱惑，她被慑住。“嘿，小情人，下来抱妈妈一下嘛！”她完全忘记刹那前的惊怖，妈妈仍是那个喜欢跟她们撒娇的妈妈，身上永远散发让人渴慕的麝香味，导引她们穿越恐惧与流离回到她的怀里。那一夜，妈妈说，去海边散散步吧，一只大坏虫跟两只小坏虫。

碎星与弦月，流荡的云，她只记得这些，其余是笼罩着陆地与海洋的无涯幽暗。这地方不陌生，妈妈曾带她们来野餐，假想父亲的船突然从海平面跃出的情景。那台相机记录了灿亮阳光下，她们姐妹最欢愉的童年岁月，也保留了一枚宛如几个女人头共享一具肉身的妈妈的脚印。多年之后，她无数次靠着那张脚印照片回到海滩现场拾掇妈妈的快乐时光，她相信对她们三人而言，往后的流徙皆是命运之神对那段时光的诅咒。

那一夜，她听到夜间的海仿佛千万头狮吼，恫吓、蔑视，露出尖齿嘲弄渺小的猎物。妈妈抱着半路上睡着的妹妹，一手牵她往海滩走。她嗫嚅，低声叫妈妈——妈妈——好像牵她的是另一个不相干的女人，她受不住手腕被握得太紧试图挣脱，妈妈却愈走愈急。整座夜海似巨大的磁场，正向四面八方唤回迷走的矿砂，云依然流动，悄然遮住高空的月牙，潮浪亘古不变地翻腾着，不过问人间世事。她现在回想当时使尽全力扯住妈妈并不是基于痛楚而是无法承担恐惧，她才六岁但足以辨别阳光与暗夜的不同、接收妈妈透过强劲手势传导给她的密码。虽然妈妈常有出人意料的作为，但她相信那晚的海滩之旅跟散步一点也没有关系。

就在她拒绝再往前走时，妈妈松了手，放下妹妹，独自朝辽阔的暗海走了几步，浪涛的声音轰然如雷。第一次，她听到妈妈对着海洋喊她的小名：沙沙。“沙沙——沙沙——沙——沙，回来！”妈妈是这么喊的。像原野上的大树喊它心爱的叶子，一片榕树叶子跟错了，跟到苹果树那儿去了，所以要借风的声音喊它回来。她站在妈妈背后，拉她的衣角回应着，但掩面啜泣的妈妈竟怕惊动什么似的制止她：“嘘，不要吵！不要吵！”

海风吹拂，薄盐。她开始感知有一头饿坏了的猛狮冲出童话书悄然随着海风扑来，用利爪掰裂她的胸膛，捧出鲜嫩的心脏，吮吸童女之血。她不再感到惊恐，夜使她超越六岁孩子的视界，向上攀升、盘旋、俯瞰，看到成人世界凌乱不堪的景致；她的感官活络起来，攫住那种近乎绝望的黑、捕获令人有晕眩感的海吼，最后，鲜明地记住一个少妇与双胞胎女儿被不知名的力量扔在黑色海滩的处境。她后来隐约明白，接着发生的事是她自己触动宿命关键，遂使一生无法出脱暗海，注定独自仰望永夜的星空。她记得，她搂着刚睡醒的妹妹，粗沙扎疼妹妹的脚，她一面帮她揉，一面凝肃地看着十步之遥跌坐沙滩的失意妇人，明白她刚才呼唤的是一个与她同名的人，那是另一个故事，另一艘跟暴风雨有关的沉船。在忽远忽近的距离感中颠踬，使她无法确认自己与眼前那名少妇的关系，事实上她连自己是什么也无法确认了，只是用一个孩子本有的勇气——似乎可以跟一切恶灵对峙的勇气，走到她身旁，搂着她的脖子说：“妈妈，不要怕，有我在！”

第二天，妈妈仍是喜欢穿时髦洋装、爱吃蜜饯的老板娘，只花一个下午即让老主顾们当作礼物带走店里的存货、委托代书出售房地产。半条街的女人随着妈妈的指挥陷入恋恋不舍与祝福的情绪里，有的甚至流下眼泪，但她们一致同意，男人经年在外跑船不像个家，能下定决心回到陆地团圆是喜事。她们抢着挑选免费礼物、无心追问细节，甚至不曾质疑为何要搬到那么远的地方去。最后，庆贺与道谢的声浪使所有人忘记“告别”原是跟丧礼一样纠缠不清的事。妈妈开开心心地，吃她的蜜饯。

在另一个繁华城市，身世有了新版本，渐渐有人知道，这家开张没多久、生意很好的咖啡厅，老板娘是个寡妇，带着双胞胎女儿到这儿闯活路，丈夫死于船难。

最后一次看到爸爸——正确地说，看到爸爸的背影，是在咖啡厅开张后几个月的事。她和妹妹从隔壁巷的钢琴老师家回来，一路猜拳，输的得背对方十步路。妹妹眼尖，老远看见一个男人从家门出来，往前大踏步而去，妹妹追着喊，他没听见，招辆计程车，消失得干干净净。

家里看不出任何异样，空气中都是妈妈的香气。妹妹很容易满足，哪怕是一个有漏洞的答案。而她觑着妈妈的脸，试图读出蛛丝马迹，妈妈懂她，一把将她拉入怀里，亲她的小耳朵，说悄悄话："不懂的就放口袋，左边放满了放右边，等长大喽再拿出来看，一下下就懂了。"接着叹一口气，像操劳的家庭主妇抱怨腰酸背痛般不轻不重。她尚未理清楚，妈妈又变出叮叮当当的声音催她们洗澡去，今天是大日子呢，有两只小坏虫要吃生日蛋糕啰。

那是六足岁生日，在咖啡厅举行，花与蛋糕、礼物堆叠出盛宴气氛，合力鼓噪永不褪色的欢愉。妈妈把妹妹打扮成穿粉色蕾丝洋装的小公主，而她穿着一套稍嫌大的蓝色水兵男装、领带像水鬼舌头湿答答地垂下。衣服上，樟脑丸与麝香香精混杂的气味，令她十分难受。

“要永远相爱哟，跟妈妈勾小指头！”

当她与妹妹面对镜头，在众人的起哄下露出缺牙的笑靥时，妈妈按下快门，镁光灯闪动，那一刻永远留下了。

沙沙——沙——沙——原野上一棵孤独的大树喊着，妈妈终于喊回那片遗失的叶子。

妹

她怀疑自己容易呛及最近染上的皮肤发痒毛病，都跟这间潮湿的老屋有关。

那真是没道理的事，好像喉头上方有个水龙头，滴滴答答漏水，动不动就趁呼吸与吞咽交接之际滑入气管。她一度听从专家建议，专心训练呼吸与吞咽交替的动作。可笑的是，这种与生俱来的本能一旦执意练习，反而弄得秩序大乱。她尽量不让自己处于急躁、发怒状态，为此还去气功班、禅坐营学习放松与忘我之道，好像有效又好像无效。最近又来了新节目，没头没脑地身上发痒，像三更半夜前任屋主潜回来翻找什么东西似的，因为不是贼，所以不是撑开大布袋搜刮的那种，是嚼着泡泡糖、晃悠悠地踱到卧房觑两戏，又进客厅开橱柜，一面找他的旧物一面欣赏新任屋主的摆设，就这样三房、两厅、双卫巡来巡去的那种死皮赖脸的痒法。她那搽三种指甲油的手指也就分外忙碌，一会儿挖 Haagen Dazs 的冰激凌吃，一会儿随着那位无赖的步伐在大腿内侧、手肘、肩胛、腰背挠抓起来，状甚猥琐。

有一回，她烦得发脾气，一把朝落地窗扔掉正在看的房屋杂志，冲进浴室放满高温热水，整个人浸入浴缸。任何一个有良心的人都不会用发烫的洗澡水对付自己的身体，她烫得尖叫，眼泪也滚出来，咬牙切齿继续用莲蓬头冲洗。热烟使浴室一团白茫，她仿佛站在无边界刑地独自承受永世的鞭笞。

姐姐敲门，问她怎么了，她牙齿咬得死紧，因这声音猛然回神，那怒气也就找到栖所，“你给我滚远一点！”她吼着。一具肉身烫得发红发肿，渐次膨胀好像快冲破浴室墙壁，奇怪的是竟有轻盈的感觉，痒不见了，代之而起是亿万只煨过火的蜂针蜇着，又像沸水里的西红柿自动绽皮，轻轻一揭，整张皮旋转而起，露出红通通的果肉。她的快意恩仇还没闹够，水淋淋地冲进卧室，拿整瓶含酒精成分的收敛水朝身体乱洒乱抹，好似一具冰尸。等她晕眩而倒在床上时，她终于感觉这具身体已不是以前那具，嘴角带笑，眼泪缓缓溢出，她知道，这泪从童年起就长途跋涉一直到现在才抵达出海口，那种咸也因此像上古时代的盐。

她始终觉得自己的叛逆期来得特别早，跟妈妈有关。

有一位高挑且漂亮的妈妈，她承认，从小带给她荣耀——应该说，带给她以及大她五分三十秒的姐姐极大的荣耀。她们走到哪里都被一群无知麻雀般吱吱喳喳的愚夫愚妇包围，一面比对她们的身高、体重、眼睫毛几根、耳朵形状、头发粗细、手指长短、掌纹……一面发出粗俗不堪的笑声，最后毫不例外地赞美妈妈的生育功力，仿佛她们只是妈妈操控出来的可爱小玩偶。她从小习惯用“我们”，对妈妈、老师、煮饭的欧巴桑说：我们肚子饿了，我们的膝盖破了……她记得有一回做梦以至于尿床，半夜摇醒妈妈：“我们尿尿在床上！”同卵双生是个艰深的实验，度过人人视为天使娃娃的童年阶段后，开始进入宿命习题；在乱草石砾地翻找“我”的踪迹，自布满尘垢的镜中辨认“我”的容颜，从别人的眼眸里拼凑“我”的存在。她不得不承认这条路坑洞特别多，不独别人老是认错她们、叫错名字，当她好不容易暂时忘记姐姐，像个独一无二的人偷偷想做什么时，却发现姐姐正巧也在那儿。她恨这种心有灵犀。

如果说姐姐是妈妈的信徒，那她就是逆女。姐姐顺着妈妈指点的路径行走，她宁愿反方向，哪怕必须涉过沼泽。很早便发觉，妈妈看她的眼神是带探针的，不动声色地侦测她的心眼儿到底多少个。她擅长伪饰，或者说她充分发扬从妈妈那儿得来的装饰艺术，当妈妈变魔术般从黑帽子里揪出漂亮的故事、最新版本的身世以满足饥渴的人群时，她也本能地躲入浓浓的睡眠，在妈妈窥伺的鼻息下，打起童鼾。

她相信妈妈说的一切，不，应该说她努力让妈妈相信她从未质疑过她说的故事。然而，伪装成果树并不代表也能在秋季结实，她不得不提早揭开两套记忆上的布幔做选择，一套是妈妈的版本，另一套是她窥伺得来的。

她从未告诉姐姐，背负两套记忆的痛苦，事实上，因这痛苦令她终于感到与姐姐不同，反而有了私酿之意。她很小的时候便警敏地察觉，在妈妈巧手布置的家里，有一个幽灵男童存在，他——接着她知道是个哥哥，时而躲在衣橱底层那口绽皮皮箱内，时而叠影在某个跟随母亲到店里选购衣服的小男生身上，有时候单纯地蜷缩在妈妈的眼睛内，朝向遥远且空茫的地方。

她没有兴趣追问他的故事，一则缺乏资料与耐性，二来也习于想象他像风一样掠过风铃从窗口飞出。如果不是那个决裂之夜，她不会警觉到那个幽灵哥哥不仅与她们同船共渡，而且只用一根小指头就戳破他们一家四口组成的那张天伦拼图。

姐姐始终不知道，是船长爸爸遗弃了她们。一个经年出海的行船人在异国神女的胯下尽情嬉戏时，忽然像获得什么启示般，质疑自己妻子的贞洁，连带地怀疑两个女儿的血缘。这没什么道理可言，但很正常。或者，无所谓遗弃，如果真相站在他那边的话。不管怎么说，妈妈是个高傲的说故事能手，有头有尾地用壮烈的海难埋葬了第二任丈夫。

当她揭开布幔审视两套记忆，仿佛独自在暗夜墓园颤抖：

一套像穿着绣服、头戴鲜花的骷髅，瘦骨上还黏搭着腐肉；另一套是赤裸女囚，被恶意的力量驱赶着，在秽地、兽群之间匍匐，寻觅一个可以帮她解开镣铐的爱人。

她想恨妈妈，匕首一刺，却刺到了怜悯。

也许，转捩就是从恨与怜悯交锋的过程中无意发现的吧。她渐渐拉出距离观看妈妈的转变——她想，那时候她与妈妈大概同时趴在地上寻找，一个找解铐之钥，一个找出口，所以才心照不宣地仅交换眼神而不交换话语。不明就里的姐姐误读为冷战，数度规劝她与妈妈和解。

在距离之外，她私密地追踪妈妈的情欲航程，用翕张的鼻翼嗅闻空气中的男性气味，从妈妈带倦的眼神推测肉身缠动的速度。有时，她偷偷潜入妈妈的卧室，从那面梳妆镜上隐然浮现的各种印子中，再现云雨密布的航程里妈妈那蛇妖般的身影与想要撞崖的孤独心境。那些把头深深埋入她的腹丘的男人永远不会理解，妈妈反过来以他们的背为阶，一步步把她用洁白蚕丝绕成的巢送上雪崖，巢内躺着她这一生的谜，放在高高的峰顶让阳光去阅读。

正因为这一层启示，她开始领悟人生并不一定要在脚踝系一条绳子，杂七杂八拖带姓名八字或锅碗瓢盆才能活下去。她丢弃那两本记忆，只撕下几页有用的。当她学会大篇幅遗忘，恣意在各个记忆符码间跳跃、串联、形塑时，她不仅原谅了妈妈，甚至深深迷恋起她来。

然而，快乐十分短暂，她忘了还有一个姐姐站在前方等着，手中揪着一张网。

那网用钢丝编的，巨大的网。她无法参透她跟姐姐到底遭了什么符咒，以至于陷入永无止境的纠缠。少女时期，最沮丧无助时，她梦见自己与姐姐被一名蒙面老妇剥光衣服，像雏鸡一样，硬是塞入一口黑幽幽的瓮，瓮口用红布封起来。噩梦令她怒不可遏，像只发狂的蝎子在倒扣的铁鼎内挣扎，最后，一定得划痛自己，见了血，那股怒气才能平息。

她曾经用最恶毒的意念咒姐姐死，然而烙在背后的那张符箓起了法力，愈恨，那爱就愈勒得紧，她根本无法想象若姐姐消逝，她除了一身躯壳还剩什么？

于是，日记、信件、抽屉里某位爱慕者赠送的照片、礼物，她知道姐姐的眼睛已读遍每一处细节。不算偷窥，也不是分享，是共存共鸣。十八岁那年，当她们在雨季的最后一天把妈妈的骨灰依嘱撒海，回程的火车上，她凝视窗外雨雾缥缈的苍绿平原，辽阔得没有方向、失去时间，悲伤地觉到少女时期已永远消失，生命中华丽的、寒碜的谜也随着妈妈化为尘埃，而她终于可以从一捧土、一担砖开始砌筑自己的屋。然而，也就在这一刻，从车窗映影中，她看到坐在旁边打瞌睡的姐姐，格子衬衫、牛仔裤，头发削得薄薄的，全身朝她身上靠过来。倏然惊觉，身材、打扮与她愈来愈见差异的姐姐，什么时候起穿越孪生姐妹的领地，一个人出门攀山涉水，如今雨中归来，摇身变成要终生守护她的情偶？

她忽然明白一件事，妈妈没有走，她的魅影正随着火车穿雨而飞，频频回头，用潋滟痴迷的眼神俯视红尘中看起来像天生爱侣的两个女儿。那顶红草帽如一朵波斯菊，在空中翻腾。

姐

一切的转变在第一场台风登陆前已露出端倪。

事实上，从端午节过后，她渐渐嗅出不寻常的氛围正在她们之间酝酿着。首先，妹妹回家的时间愈来愈晚，她的说法是加班；接着，陌生男人的电话愈来愈频繁，妹妹一接着立刻切到房里的分机，关起门讲了许久才出来，她的说法是客户讨论公事。在几次剧烈的争吵后，她更换方式，不再质询她的行踪，改用消极对抗，接到电话，告诉对方妹妹不在，若留话也不转告。她暗地构思了许久，有一天，躲在妹妹公司对面的红茶店内等她下班，一路跟踪，那天毫无斩获，妹妹只不过像大多数上班族一样，趁百货公司打折去买几件衣服而已。

接着，她没太多时间注意妹妹的转变。那块被当作废弃物集散中心的空地围上围篱了，卡车、怪手、砂石车成天轰炸她的耳朵，告示牌上写着住宅兴建计划，是中型社区的规模。没多久，样品屋及接待中心花枝招展地戳在路旁。速成花圃上，一只灰褐色的杂毛猫斜卧在韩国草皮上，眼睛眨巴眨巴，冷冷地看热闹。

像墓地居民受了僵尸的启示跃跃欲试般，几天后，两位西装笔挺的建筑商代表在附近老邻居的陪同下按了她家门铃。屋子有二三十年了，结婚生子、养儿育女都在老屋里，说起来很舍不得，再说也找不到像这样的独门独院，还能种几棵大树的房子；但是，还能撑多久呢？台风、地震一来，一颗心像挂在老虎嘴边一样。她明白了，附近几户老邻居显然都有兴趣跟建筑商合作，关于条件，双方也有诚意继续往下谈。他们邀请她出席说明会。

这事缠上了，往下就没完没了。妈妈生前是个精打细算的人，留下的财产够她们一辈子过小康日子。妈妈办事是抓牛头不抓牛尾的，连带地替她们部署值得信赖的代书、律师及投顾专家，只要顺着妈妈的棋谱走，是可以天下太平的。她接着一一拜访那几位顾问，在酷热的夏日街道上像迷途的孩子，其中一位毫不意外地说："你妈妈十多年前就料到，那块地迟早会盖大楼，你们赚到了！"

妈妈曾经推算过她的运程吗？就像掐算一条不起眼的巷弄、几幢破旧老屋有一天会有四线道大路划过，摇身变成新兴的住商混合区般，妈妈知道她会往哪儿走吗？

妹妹连续迟归，索性连理由也懒得编了。她对改建的事意兴阑珊："随便怎么办都好，没意见！"仿佛跟一切无关。在气象局发布今年第一个台风警报那天，她看见茶几上妹妹留的字条，度假去了，也许三五天后回来。

似乎有什么东西从她身上流失，仿佛她是沙塑人偶，潮浪扑来，吐出泡沫，回旋，倒退，带走她身上的沙。台风夜停电，她缩入软沙发内咬着椅垫一角，静静听暴风推倒工地围篱、样品屋看板，扫破她房内玻璃窗的声响……她知道雨水已经进来了，像一群饥饿的白老鼠啃咬桌上书籍、拖曳床单、爬上那面拥挤的墙……生命，有时会走到万籁俱寂的地步，再怎么用力叫喊还是悄然无声，终于渐渐失去知觉，不知道自己是什么，在哪里，也就无从同情自己。她凝睇落地窗外狂舞的树影，茶几上一截短烛忽明忽暗，竟兴起一股毁灭也好的念头，好像屋塌了、人空了也是自然而然的风景。

大约破晓之际，她因梦中听到妹妹困在风雨里求救的喊声而惊醒，想来不是梦，是现实的声音搭在不相干的梦境内形成叠印。外头的风啸渐息，雨还在下，她坐在沙发上浑浑噩噩，起身想喝杯水，猛然那声音又出现，像海面上突然刺出一把匕首。她听得仔细，是在外面，打开窗户往外探，院内停了一部车，车灯把雨势照得像幽灵之舞；车内顶灯也亮着，她没听错，是妹妹的声音，但她宁愿看错，宁愿永远不要被不可违逆的力量揪住头发、撑开眼睛，看她深爱的女子正在狭仄的车后座，一身赤裸地与陌生男子欢媾。

她没有走开，甚至没有移动视线，眼睛定定地放在宛如两条缠嬉的大蟒身上，听闻骤雨中一阵高过一阵的剧烈呻吟；她看到车窗被摇下一半，随即伸出一只婀娜脚丫，承受滂沱大雨的舔吻。她想走避，心里喊：够了，却无法挪动。那只白嫩的脚随着车身震动而前后游移，几乎朝她踢来……娇酣的女声渐次放纵，仿佛穿越绮丽的生死边界，刺痛她的耳朵、喉咙，她感到有一把尖钻直挺挺刺中她的心脏，左右剜转；视线迷蒙中，她仿佛看见妈妈，提着破皮箱沿着铁轨离开燠闷小村的妈妈，被世间种种挚爱遗弃，只有自己一个人，头戴红色草帽，走着走着，随着铁轨沉入海底，妈妈飘飘摇摇，一群小红鱼从她前进的脚缝间穿梭而过。

她不知道自己在黑暗角落箕坐多久，黎明时分，风雨似乎歇手。慢慢走到妹妹房间，门虚卷，她看见他们裸裎而睡，鼾声起伏，像两片光滑的叶子在春水里悠悠荡荡。

“帮我把门带上。”她转身时，听到妹妹慵懒地说。

姐妹

梦境也像台风过后的庭院那般乱，她倒是方向清楚，好像来过很多次，其实是第一次来。绕过弯弯曲曲的小径，天是黑的，没遇到半个人，路的尽头是海，无声之海，倒像一匹黑绸布，上面银光点点，也不知是白色鸥鸟还是星月倒影。在陆海接驳处，她一眼就认出妈妈的脚印，比照片上的那枚大，而且像铁铸的。她抓住脚印拇指往上提，果然这脚印是个盖子，底下立刻涌上一股森冷，她往下走，狭窄的石阶，似乎无穷无尽往地心延伸。她听到自己的心跳比脚步声还响，四周一片漆黑，那种黑是关了几百年似的冷黑。她试着喊：妈妈！听到回音，仿佛这地窖极为辽阔。就在她几乎放弃时，她听到下面隐约传来回答，是妈妈的声音，听起来还得往下再走一阵子。

“嘿，我的小情人，下来抱妈妈一下！”

妈妈没变，还是那么美。她伸开两臂拥抱妈妈，妈妈吻她的耳朵，说悄悄话：“跟妹妹要永远相爱！”声音听起来很远，像风一样。她说：“我累了，妈妈，抱紧我，我真的累了……”

她不记得妈妈还说些什么，只觉得在妈妈的呵护下，可以安然入睡。醒来，是个陌生房间，色彩零碎、光影浮晃，脑子像掉入水泥桶，干了、硬了，什么也想不起。

“你看你，”一张苍白的脸映入眼帘，她记得了，是妹妹，在她后面站着一个男子，她也记得他是谁了。妹妹纠着眉头，“缝好多针，这下子公平了，我们都有疤！”说完，搂着她的脖子叹气，“姐，你好傻！”她完全记起来她有个孪生妹妹了，但不太确定她说的“傻”是什么意思，仿佛伤口是她的，傻是别人家的。

或许是痛吧，让她清醒起来。妹妹难得有点腼腆，介绍那位男子，她觉得他是个看起来令人舒服的人，没什么不好。

“姐，”妹妹握她的手，把手指头一根根掰开，跟自己的交握，“我们都有鱼尾纹了，要为自己过活哟！”

她流下眼泪，不是因为痛，也不是“过活”二字惹她伤心，大概是“鱼尾纹”吧，她记得小时候妈妈说过，摸到最后会摸到鱼的眼泪。

搬家那天，阳光掺了几缕凉意，初秋适合用来道别，恋恋不舍中又有几分爽朗。妹妹的家当惊人，卡车跑了两趟才运完。

她帮他们打点，想到什么就写在纸上，叮嘱他们仔细办，男友倒是毕恭毕敬聆听，妹妹还是大泼墨脾气："你听她的，我们只不过搬到二十公里外，姐以为我们上月球啊！"近固然近，渐渐也会远的。

她好好再看一次这个孪生妹妹，心里还是疼爱的。妈妈给了她月夜，却给妹妹艳阳。同时诞生的人，各有各的风景。

她送到路口，看车子转弯而去。秋天下午，她原本要往回走，想了想又转身，秋天下午适合散步，走一段路看看这片老宅区，兴建的事已谈得差不多，没多久这些大树、院子都会消逝。

不知不觉走过头了，走到大马路来。她索性走下去，心情灿亮。她忽然想念妈妈，或者说，想念妈妈这个女人，她带领她们见识瑰丽的谜。

继续往下走会到哪里？不知道。也许路到了尽头，碰到废水塘，那就照一照自己枯瘦的影子；也许下一个路口转弯处，会遇见一个像妈妈的人，一个像妈妈一样和她的生命紧紧印合的人。

水问

台大的醉月湖记载着一个故事，关于一名困情女子投水的传说。我想，深情即是一桩悲剧，必得以死来句读。而这种死也是最纯洁的。我是名弱者，欣赏了悲剧也扮演过悲剧，却在最后一幕潜逃，人是活着，热情已死。因此我写下《水问》，纪念那名女子并追悼自己。

那年的杜鹃已化成次年的春泥，为何，为何你的湖水碧绿依然如今？

那年的人事已散成凡间的风尘，为何，为何你的春闺依旧年年年轻？

是不是柳烟太浓密，你寻不着春日的门扉？

是不是栏杆太纵横，你潜不出涕泣的沼泽？

是不是湖中无堤无桥，你泅不到芳香的草岸？

传说太多，也太粗糙。说你只不过是曾经花城的孤单女子，因不慎而溺于爱的歧流断脉之中，说你的失足只是一种意外。说有人见你午夜徘徊于水陆的边缘，羞怯地向陌生的行人诉说你碎断的心肠，说你千里迢迢要来赴那人的盟约……而千里迢迢岂是你所能跋涉？日夜的秩序又怎容你轻易嵌入？你已不属于时间空间，你因而被镇于湖心水湄，再不敢向人间，向你钟爱的人间殷殷探询。你于是成了一只冷僵了的蝴蝶标本，在图鉴上注明因求偶不成而自戕，被传阅于唇齿残香的茶余饭后。

要问你：

天空这么温柔地包容着大地，为何你不送走今日且待明日？

大地这么宽厚地载育着万物，为何你不掏穴别居另成家室？

人间婚姻的手续这么简便，为何你独独择水为你最后的归宿？

是不是你信念着，有一种从无缘由而起的宇宙最初要持续到无缘由而去的宇宙最后的一种约誓，让你飘零过千万年的混沌，于此生化身为人，要在人间相寻相觅？你是离群的雁，甘愿缚进人间的尘网，折翅敛羽，要寻百年前流散于洪流乱烟中的另一只孤雁？你走过多少个春去秋来、多少丈人间红尘，你来到那人面前，虽然人间铸他以泥沤，你依旧认出那疲惫的面貌正是你的魂梦所系，那沙哑的嗓音正是你所盼望的清脆。你从他的眼眸看出你最原始的身影，你知道那是你们唯一的辨认。

人间的鹊桥，虽不如天庭的绚丽，而你们愿意一砖一瓦地建筑。

人间的气候，虽不如天庭的清朗，而你们羽翼同生要共飞过地坼天裂的风暴。

人间的箪食瓢饮，虽不如天庭的琼浆玉液，而你们饭蔬饮水甘之如饴。

生命的意义原本就模糊不清，在纷杂的爱之向度中，你们愿意凸显爱情为你们心中的殿堂。以千年的姻缘，作最坚固的奠基，以信任与尊敬，作不朽的钢架，深挚的痴爱，是你们的铜墙铁壁。不渝的贞操，是避风的屋顶、是挡雨的门窗。人们只能依你们的声音容貌，批评这样的茅茨土屋。而你们温婉地相待，且让人们去追求他们所谓的富与美，在你们崇高的人格花园里，自然生长着四季繁花，清风朗月。此去，此去经年，千山万水，永不相离，生老病死，永不相弃。

而是不是今日的下弦曾是十五的月圆？

是不是眼前的沧海曾是无际的桑田？

是不是来自生的终归于死，痴守于爱的终将成恨？

是不是春到芳菲春将淡，情到深处情转薄？

你坚信的约誓，是四月残飘的柳絮。你溯回的记忆，是荆棘丛生的刑地。你眼见手成茧足结痂，而人间的鹊桥已成废墟。你于是放眼苍茫，要天地为你卜一卜“地久天长”；山川静默蜿蜒，说这一卦不在人间只在天上。你披发行吟，踉踉跄跄去熙攘的市井探询，你说：“借问，借问怎么回去我的殿堂，我的恋之初……”好心的行人摇摇头，说没有这样的一条路，没听过这个方向……你想起千年前的流离。盼到今生才又聚，为何不能同羽同翼？为何曾经的约誓亡佚成断简残篇的失散的流离？为何地能久天能长，人间的爱情却离了又聚，聚了又散？

当太阳再升起，所有的杜鹃委身谢礼，化成声声的杜宇，唤你不如，不如归去，你仰首看看今日的天空，似乎和昨日并无差别；你舒开手中的书卷，一样的道理，一样的铅体。而你的殿堂已是前尘，你的爱情已成往事。就把一款款的道理还给线装的书架，把一滴滴的泣血留给春泥，把一身姿态托给验尸的风雨，夜半湖心，秋虫唧唧……当太阳再升起，所有的杜宇声声唤你，所有的人间恩爱，你已双手归还而去。

是不是湖水如翡翠，依然是你不死的柔情，涨潮于干旱的季节？

是不是满湖莲韵，是你含辞吐语，字字的叮咛？

是不是一帙帙的书卷，有你不忍撕毁的，海市蜃楼的模型，要给另一对情偶的注解的提醒？

是不是年年杜鹃的鲜红，是你遗传的爱情的色泽？当那一对对的足印踏过花冢春泥，你是不是愿意他们在举足之间，牢牢记取，聚与散在人间，都要相待以礼。

且守护这无源的川流，“爱”字不易写，但愿你湖心风纹，勾勒一笔一画。

且让萍水相逢的，在湖畔栏杆拟下他们的约誓。

且让相识相知的，用你的神话湘绣成他们的嫁纱。

让长年分离的，偶然相遇。

让幽怨的，冰释所有的尘土泥沙，让他们知晓，聚是一瓢三千水，散是覆水难收……

而今夜，且让我来冠冕你，花城曾经痴守爱情的女子，魂归来兮。

哭泣的坛

你自杀之后，父母才知道你受的屈辱。

听到你的故事时，你已经装入小小的骨灰坛，住进某座山寺的某一处角落。我不认识你，甚至不知道你的姓名，转述者描绘你“文静、乖巧、白白净净”的模样，我仿佛看到十九岁的你溜达着一条瘦影子，在人潮中过街；沿用学生时代的黑眼珠，抬头思考公交车站牌，排在第三个人的花衬衫之后，守秩序地嗅着他人的汗馊味，等待一条路线载你回家。

你的家庭，平凡得榨不出一滴油。父母开个小店面，做安分生意。他们像大部分的父母，心肠软得要死，嘴巴硬得半死；不过分期待子女成龙成凤，只要身体健康，多认点字，毕业后该服役的去当兵，该工作的去找事，该结婚的办嫁妆，该生小孩的给坐月子……他们那一代很谨慎地依着社会开列的时刻表准时送子女上车，连户口校正的日期都不会误的。你的父母或许听过别人的儿子发疯、女儿割腕的传闻，可是他们比地瓜还结实，认为这种事情只会发生在家门十公里以外的地方。他们光会做替你办嫁妆的美梦，就算噩梦连床也梦不到有一天替服毒的女儿选棺材。

你的兄姐或服役、嫁人，弟妹尚在就读。虽然不曾提着心肝儿说话，也不至于兄弟阋墙。你与撕裂的被单一起冰冷在地板上的样子，却永远在他们脑海里自动影印了。

陌生的我，陷入你留下的迷雾。连着好几天，一面浮现你家晚餐桌上四菜一汤的热烟中，你夹菜的样子，你替自己准备次日便当的样子，你洗碗的样子，你坐在沙发上看很无聊的连续剧的样子；又一面夹织你僵硬的样子……我无法停止自己的杂思，最后跟随法师的超度仪式陪你走进灵骨塔。我知道坛面上你的照片是笑的，除了七老八十的人在照相时习惯端庄严肃为以后的音容宛在稍做准备外，二十岁以前的女孩儿，每张照片都是笑叮当的！

笑会使人僵硬吗？

你的妈妈回想，你毕业后上了一年班，至后期几乎恐惧上班，每天早晨赖床，拖到打卡时限才出门。其实，真正的你已经发出警讯了，你对上班深恶痛绝，又不能不去，家人当然无法细察行为背后的恐惧分量；作为一向被暗示准时搭乘社会列车的你，从小到大盯着功课表拿全勤纪录的，也缺乏解剖自己内心的胆量，你不敢面对恐惧，反而基于服膺习性为不愿上班的念头再添罪恶感。

人的成长史，往往是一部压抑史。我几乎肯定，你从小不曾为自己的存活与抉择暴晒于烈日之下，啼哭于黑暗的旷野。你只会做一件事：活在别人为你选定的路上保持缄默。你或许曾轻度质疑，但传统中国式非人性的管教方式，只会发布权威命令，强制执行，不给人选择的机会与为自己的选择去担负一切苦难的权力——因为他们太爱你，预先威胁或堵掉可能带来不美好的路，却不愿意相信让孩子活在自己的选择中并负起全部责任的训练，才能让他真实地抓住生命，磨出本领，在往后风雨交加的人生路上，单枪匹马地走下去。你终于咽口水般，咽下所有的质疑与不愉快，没吭一声，继续保有“文静、乖巧”的美名。

当你压不下去了，辞职在家，开始过着足不出户的日子。白天，空无人声的屋子，只有你，不知自己是什么的你；黑夜，喧哗的屋内，仍然只有你，不知为何存活的你。将近半年，你从不下楼，躲在房间，渐渐连话也不说了。你的妈妈每天中午替你送便当，又匆匆赶回店面。家人早就习惯你文静、乖巧的性子，不可能嗅出这次的静带着死亡的霉味。他们认为你只是太累了，胃口不佳，需要休息，只想到替你抓一把中药补补元气。如果有人细心些，当你出现喃喃自语，恐惧踏出大门口，不断惊慌地叫“外面好可怕！”的症状时，应该看出你那可怜的小灵魂正被巨大的陨石来回碾轧；如果有人张开翅膀，载你飞离罪恶之都，去稻田与溪流欢唱的地方居住，重新把太阳、月亮喊回来；如果有仁慈的人坐在你面前，紧紧握住你的手，说：“把一切都说给我听，我替你做主！”你还会像毒死小老鼠一样鸩了自己？

事发后，你的同事到家，提起公司某位男同事喜欢说些不干净的话，欺负小女生的耳朵。带黄色纤维的话语，对苦闷的办公室而言，显然不是新闻，只要尺寸拿控恰当，无须大惊小怪。但难以预防，某些意念特别旺盛的男人随时亮出语锋，专吃像你一样的小天鹅。你没有不听的权力，就算仓皇走避，仍然听到他以经验老到的口吻，为你营养不良的身材开药方，在众人面前剥你洋葱。可能一阵哄堂之后，没人在意上一秒钟的交谈。而你，在对两性之间的一切话题守口如瓶的传统家庭长大，突然置身害了性病的语言系统中，内心的愤怒、羞耻、罪恶泼盆而下。放话男人从不考虑视性话题为极机密的年轻女孩的内心感受，因为千百年来，受大男人独裁主义管制的性语言区，教他可以随时“他妈的”、随地“干恁娘”，不必受任何法律、舆论的谴责。他不会回归人道精神的原点，思考《三字经》的魔爪也把他的母亲、姐妹、妻子、女儿一并推入专供男人戏耍的语言暴力的火坑！你毕竟年轻，只顾当下爆发身受其辱的羞恶感，不曾追溯罪恶之渊薮乃那一套长满性细菌的观念，及其蔓延的语言系统。他悠游自得地活在这套爷传父、父传子的观念里，被保障可以随地吐两性话题内的槟榔汁。他在说你时，其实是针对所有的女性，你以为自己的身材又瘦又瘪才被取笑吗？那就错了，如果你丰腴，他一样吐出垂涎的舌，舔你身上的油。这也是为何我厌恶看到琳琅满目的整容、整形广告，仿佛女人的脑容量是在胸围、腰围、臀围及一对傻乎乎的双眼皮上的原因。你愈往深层思索，愈了解发生在你身上的被损害与被侮辱都有来龙去脉，不管归结于社会变动、两性结构，抑或人性底层的原欲，你将透过历史性的阅读学会理智以及坚强。当他（或他们）肆无忌惮地剥你洋葱，你可以视状况兵来将挡，水来土掩。你的生命永远不会被刮伤，因为在你眼中，他们何等的轻。

你又卷入办公室的桃色丑闻，对方的妻子趁先生出差，气势汹汹杀进办公室，不问青红皂白，拿未婚的你当作嫌疑犯，在众人面前高声詈骂，用极尽淫秽、露骨的脏话替你洗脸，要你“勒紧裤带，有本事到外头找男人，不要见了人家的丈夫就脱”！

亲爱的你，我好想回到现场，像个姐姐一样把你拉到我背后，用不太流利的词儿替你挡住一个失去理智、几近疯狂的妇人！我不知道当时你的同事是否见义勇为，还是抱着不关己的态度纷纷走避？亦不知那个祸水男人有没有秉持良知向你道歉，还是摆出无辜的脸继续在你面前走动？道歉有什么用呢？十九岁的你已牢记一切羞辱，看到人性里丑陋的原形，你只会哭，锁在房间里哭！

真相出现，总是伤害铸下时。如果我希望你原谅那对夫妻，是否苛刻呢？她暴露了极度自卑、无助的内在，只剩最后一着险棋，用泼辣的手势持语锋匕首，为自己的无理强词夺理！她以为毁尽天下女人的容，她的丈夫便乖乖地回到身边。而其实，最应该被庖丁解牛的，是她的丈夫及自己。亲爱的，我们会发现，仍然有那么多人在年龄、学识的虚相里，沿用原欲处理人生，在最容易纳藏贪、嗔、痴的项目里一一逼出原形，我同情他们更甚于怜悯你。

人的一生，就是善良与邪恶、美丽与丑陋、灵性与兽欲不断干戈的过程，我们的赤子之心必须通过地狱火炼、利鞭抽打、短刀剜骨而后丢弃于漫漫黑夜的草丛，连饥饿的野兽也闻不出腥味了，那才是美丽的心、尊贵的心。亲爱的，当我们愿意接受试炼，在行走的路途中，遇到善良的、美丽的人事，应合十称赞，学习他们的坚强与慈爱；面对丑陋、邪恶的，一笑置之，视为殷鉴，不要像他们一样把心弄污了。如果，你能引导自己归皈于最初的肯定，你不会因邪恶而否定，你的生命将强壮如天地的骨骼，胸怀辽阔如海洋的蓝色，你的眼光深邃如众神的眸，你的心洁净，好比一朵空谷百合。

亲爱的，不知是谁要我告诉你这些，也许是你，或是十九岁时的我自己……我的话能一起装入你的骨灰坛，安慰还在啜泣的你吗？如果你听得进去，请你张开小翅膀，选一个众人皆睡的月夜，飞离哭泣的人间。

但愿，你去的地方是个宠爱女儿的国度，青青草原与雪白的绵羊，因着女儿的叙述更翠绿、更硕壮。你可以快快乐乐地溜达那条营养不良的瘦影子，不高兴的时候，把它挂在无人看管的大树上。

女儿状

我总是看见你的脸，仿佛时间知趣地自你两翼滑过，丝毫不敢腐蚀这张宛如天使的脸庞。

当我驻扎在自己的生活里，像一个驯服的市民沿着满街霓虹无目的地行走，总会在某个刹那忽然疑惑或是清醒：我在哪里？那瞬间是寂寞的，暴雪压枝时节，一只小粉蛾的寂寞。通常在用力吞咽唾液逼出一层薄泪后，继续在街衢行进。而我知道每经历一次瞬间，总有几丝几缕的“我”被抽走，你能想象那种情景吗？有人隐匿于半空，熟练地自你的毛衣背后抽线，你完全了解这种游戏，却束手无策。

不同的是，我自愿。渐渐也能享受这种抽离所带来的欢愉。至少，能够再次与你见面，在我秘密允诺过的海边。

你比我长一岁，住在不同乡镇。我仍记得认识你的那天，沿路的稻田绿得像太平盛世。坐在摩托车后座的我有点紧张，盯着远处某间民宅默诵一首诗，直到看不见了，换另一根电线杆背另一首诗。我不知道自己够不够幸运，但是非常希望能“为校争光”——多么令人莞尔的念头，我相信你也是。带我去的老师提到几个强劲对手的名字，使第一次参加朗诵比赛的我倏然沮丧起来，你一定了解那种情绪，渴望超越对手却又洞悉自己的虚弱。

你比我想象中娇小，像从深秋橘园某颗大福橘剥出来的一瓣弯肉，牵着白色筋络且涌出三两滴琥珀色汁液。我无法解释为什么用这种可笑的想象记录你，也许是贫穷时代对食物的欲望比较强烈，也许年纪太小无法使用繁复的文字，不管如何，在学会以高贵、典雅、脱俗、朴素等符号系统记录人事之前，你是我乡村时代蔬果时期的珍贵记忆。然而，见到你的那一霎，我强烈地讨厌你，那是成人世界不易理解的孩童式直觉。虽然，主办学校的教务主任正在介绍评审，说明比赛规则，参赛的我们也尚未抽签决定次序与诵诗内容，但我知道你会摘下冠军。

每一首诗渴望被高声朗诵，如同每一桩故事企求被完整保留。多年之后，我渐渐明白自己之所以落败，并不是抽中的那首诗过于平庸，而是事先聆听了你的朗诵，宛如天使清音点醒雪封枝丫里的每一粒花苞，让折翅粉蛾也有想飞的欲望。你的脸细致匀净，那首诗藏在眉目之间，含笑起伏。我被你吸引，歆羡你拥有我从未见识的华彩。以我们当时的年纪与成长环境，很难说你已窥得文学堂奥，也许是沛雨平原自有一股风情，在人的身上孵育出浑然天成的气质，那首诗正好如一群白鹭远道飞来，栖息在你的水乡泽国。

是的，你拿走冠军。我与另一个人同列第三。是的，我拥有的奖状已够糊满一墙壁，可是对霸道的孩童而言，她不允许别人拿走最好的那一张。说不定你也有同样困境，过早在学校生活里集宠爱于一身，不知不觉抽长恶质芽眼，渐渐变成罹患“恋冠军癖”的小孩，拘泥在狭窄圈子欣赏自己的庞大身影。我必须感谢你带来强而有力的一击。放学回家，我绕到河边丛竹背后那间堆放农具的稻草寮，西红柿园与野生的九层塔散发出辛辣香气，黄昏缓慢地降临，人有人的归途，草木鸟兽各有其安顿与隶属。我蹲在河岸，从野蕨的缝隙看见自己的倒影，浮动的、模糊的，竟有想流泪的冲动。书包里，那张奖状卷成圆筒形，搁在每个礼拜四营养午餐才会加发的、不知来自何处、援助偏远学童的方块奶制食品旁边。我应该感到高兴才对，这一天获得的东西都是珍贵的。然而，我听见你的声音，如一艘神奇的长舟航向无垠海洋，鸟飞鱼跃，绵密的翡翠雨相互敲击而成妙音，我看见你的脸，如此静好。第一次，我摊开奖状，仔细阅读每一个字，了解意义，又不可思议地逸走，觉得它与我无关，只是一张镶闪金花边、盖一枚大红印的纸。我开始厌弃自己的世界，并为种种自负、骄纵的行止感到猥琐。来自对手的启发往往比腻友的忠告更具颠覆。我现在清晰地看见那名绑双辫的女童蹲踞河边慢慢撕掉一张印着“奖状”二字的雪铜纸，将其付诸流水的意义。然而，她尚无能力描绘未来，贫瘠年代的女童，只是庞大运作体系里一个个感叹虚字而已，一壁荣誉状也无法预测按在背后那枚命运朱印的内容。多年之后，我才知道你给了我一次机会，种下“追寻”的种子。有一个更美好的世界在远方等着，美好到值得为它流泪。

后来，意外得知你们家与我的同学有姻亲关系，两家偶有往来。当时，邻乡通婚的例子颇多，交织出的乡镇地图上，常常是满盘亲戚。再见面时，你已小学毕业。暑假刚开始，我与同学骑车打算到海边捡贝壳、石头，她说：“你讲的那个第一名住在附近呢！”既是亲戚，她提议邀你共游。

你卧病的母亲强烈咳嗽，一屋子熬煎的中药味呛得令人窒息。她显然对我们的造访感到不悦，只说某位隔厝大嫂带你去成衣厂应征，你是长女，女孩子念不念书以后还不是嫁人，做女孩子要认命。

你追寻过吗？我看见好几张奖状用饭粒贴在谷仓与厨房之间的墙壁，上面不知被谁用蓝原子笔恣意圈画，还沾了几粒干硬的米饭。你的名字一遍遍在我耳边响起，从你母亲的咳嗽间隙、从奖状字面、从我想象过的神奇长舟里，一再交杂、跌宕，我竟无法分辨何者为真。稻埕上，两个垂涕男童在鸡冠花丛边扯衣争夺，一枝艳冠折茎倒地。你追寻过吗？天空之外的天空，山峦背后的山峦，有一个更美好的世界等着，一个值得我们为它痛哭、为它匍匐的美好世界，你向往过吗？当命运使者粗暴地将你压在长凳上，掀衣烙下大红印时，你是否想起曾经有一天你以甜润的童女之音赞美过一首诗？

我们弯入海岸石路之前，一个瘦小的身影骑车驶入通往你家周围的小路，也许是你，也许不是，隔着一段距离无法辨认。我私心认为就是你，格外贪婪地回头盯着逐渐隐没的背影，恋恋不舍。你会遗忘我——说不定从未认得，故无所谓遗忘，你不会有机会知道我曾想象一艘神奇长舟来保留你诵诗的神采，并且愿意献情追寻。

我们也到了年华凋零时节，回顾往昔旧事，不免有置身雾境的感触。如果你与我在诵诗比赛那一日互换运程，此刻的你会在哪个都市的哪处角隅遥忆一段不曾交织的友谊？你会不会从炫目的霓虹市街忽然逸走，想起我的声音，遂秘密地在心里推敲一首诗，想要献给童年时渴慕的人？是的，你的心会回到荒凉的海边，开始为我默诵：

马缨丹纠缠黄昏海岸

肖楠木的骨骸　装饰碎石路

有人在芒草丛里种植墓碑

沙丘上　驻防小兵

计算恋人信件

你幻想已经离家出走

养一枝鸡冠花　半袋押过韵的石头

假装自己死了一天

就这样躺卧沙滩，等待长舟

梦着无人能追赶的梦

不再醒来

命运在远方编织铁网

一个驿站衔另一个驿站

旧时海岸路

一朵鸡冠　依然尽责超度

起雾的童年

某个夏天在后阳台

夏天剩最后一束尾巴时，她终于找到专属的私密空间。

每个女人都该有一块私有地。她想。

办公室乔迁接近两个月了，她仍然定不下来，心浮浮的，东飘西荡到处串门子，就是不肯落座——她的位置在大办公室最僻远的角落，是个死角格局，一抬头正好面壁，当然也面对那台严重哮喘的冷气机。“人生至此！”当她感到不耐时，常用一种油腔滑调的江湖派头挖苦自己，“连冷气机都会叫春！”

公司原先规划的各部门位置图不是这样的，若照原图，她带领的三人小组不仅拥有一扇看得到对栋人家晾晒衣裤的窗户，而且傍着三尺宽的走道，离接待室那张花枝招展、随时挑逗肉体欲望的大沙发只有两步路。瞧，这不是天堂是什么？坏就坏在大家都有眼睛，也正好都把眼睛盯着那块天堂美地看。于是，各部门主管明的暗的亮出尖牙利爪。这得怪她自己活该，以为良田在握便趁着搬迁之际休假，等她进办公室，她发现她那组的办公桌被挤到地狱边缘，照某位组员的说法，她们那区可以称得上是地狱的茅坑位，言谈中不无责怪她这位主管未替组员南征北讨之意。

像她这样的小主管，门把一样，只不过是大办公室生态圈里方便老板进出的小道具而已，门把有什么尊严？还不是听话地开开关关。

她从小没有自己的私有地——哪怕是一块榻榻米大的睡铺都无。乡下穷，每家都是大通铺，做女人的好像往胯下一拉就是一个小孩，扔到铺上；再一拉，又一个扔上来了。她是最后一个上铺的，哥哥姐姐们已经大手大脚地会在睡梦中合力将她挤到床角去。至今，整个悲惨童年仍不时在她身上显灵，她的坐相引人侧目，坐着坐着就龟缩成一团，怎么看都不是能担当重任的人。

“如果你有一千万，你想用来做什么呢？听众朋友，欢迎你打 call-in 专线，跟我们分享你的梦想……”深夜，一个无聊的谈话性节目问了一个无聊的问题。她盯着天花板，一只黑头蟑螂正蹑手蹑脚地通过罹患壁癌最严重的区域——她的室友相信这栋房子是海砂屋加辐射钢筋，她同意，并且从此老是闻到类似大太阳下鱼塭埔传来的死鱼腥。最可恶的是，她们的房东还打算涨房租。一千万能做什么？在末世纪吞吐荡妇般的颓废气息又夹带一丝纯洁少女似的希望的节骨眼儿，一千万能做什么？她点上烟，朝那只孤独的蟑螂喷雾，帮午夜牛郎冲业绩，让他荣登排行榜榜首？还是换成一捆捆千元钞，跟情人在上面打滚？或者，开一家公司自己当老板，每张办公桌前都种几棵货真价实的莲雾树、番石榴、木瓜树……她的职员全是小孩子，果盘就是卷宗，上头堆着当日采收的水果，上班最重要的任务即是吃水果。她会给自己一间明亮宽敞的总经理办公室，跟客户洽谈生意，就坐在花团锦簇的杜鹃花丛下，脚伸入清澈凉爽的河流里，阳光洒在水面泛着碎金光芒。她跟客户签约时，随手抓起一条鱼朝合约书上吻一下就成了，鱼是她的公司印章……

次日，她一面在公交车上打哈欠，一面痛斥昨晚那个无聊的梦，该戒掉听广播了，这种都是单身上班族的坏习惯。

或许吧，冥冥之中有个无所事事的神正好窥见她的梦境，一时大发慈悲，让她无意间发现办公室版图内一块荒废的领土——就像饥饿儿童在草丛里捡到卖饼人掉落的半块酥饼，哪怕是去年的也香。

那天，她到改装成储藏室的厨房找一箱资料，长期封箱的纸制品发出令人窒息的霉味、蟑螂屎味及从不刷牙的蠹鱼们的口臭。她受不了，正好看到挪动几口纸箱后露出的后门，毫不思索地想要开门透气，这真是乾坤挪移的瞬间，她至今仍意犹未尽地回味右手握住那副半脱落门把时那股沁凉的触感，侧身撞开卡住的木门后，第一眼看到对栋石栏边迎风摇曳的一枝早芒时，她的心整个被幸福紧紧抓住的情景。

是个后阳台，寻常人家用来洗衣服、晾晒衣裤、堆放扫把之类杂具的地方。这房子原是住家，后来改成办公室出租，内部隔间丝毫看不出柴米油盐的痕迹，后阳台倒还保留一些；

晾衣绳上荡着几只生锈衣架，一柄严重掉发的棉纱拖把像殉战士兵搭在铁窗上，洗衣槽内还搁着洗衣板、刷子及脸盆。当然，像一般家庭一样，凡是养死了的盆景一律往后阳台送葬，因此木板上戳着几盆只剩一根棍棍儿的马拉巴栗树、栀子、葫芦竹之类的残骸，隔着防火巷跟对栋的芒草倾诉髑髅之地连麻雀也不来的悲哀。

她欢喜起来，心情是复杂的，一方面两坪大的狭仄空间与童年被逼入床角的经验叠印，使她感到压迫——她花了好长时间才治愈上床睡觉仿佛停棺入殓的童年伤害；但另一方面，能在酱罐似的办公室找到私人领土，她的脑海立刻浮现一幅鸟语花香的风景，甚至恍惚听到瀑布飞泉的声音。

她对着不远处的芒草及半截灰蓝色天空说：这是我的！我的！我的！

第二天开始，组员们都知道老烟枪的她不必再周游列国到可以吸烟的主管办公室串门，或到附近三十五元一杯研磨咖啡店写企划案。她买了一把小板凳，膝头就是办公桌，在大太阳下流汗、抽烟、喝咖啡、构思促销活动案，她宁愿忍受没有冷气、电脑的不便，也不愿牺牲偶尔抬头望向远方、手指扒抓小腿的那份自由——跳蚤一向是后阳台的原住民。

办公室生涯似乎起了不小的变化，对她而言，后阳台好似灵魂停栖的枝头，她适应了跳蚤、蚊子的骚扰，那几盆枯树看来也分外亲切。有时，烈日烘烤下，她什么也不做，眼光飘向对栋，掩在芒丛之后是个露天阳台，晾晒一排衣物，标准的顶楼加盖景致。她从衣物间窥伺那户人家的生活，一夫一妻吧，在寒碜的人生阶段蜗居于破旧顶楼，每天晒不同花色的衣服，每天过同样的日子。她没瞧见他们，大概都上班去了。当她漫无目的地盯着晾衣竿上一件件驯服的衬衫、内裤看时，忽然感到心头沉重，她仿佛从衣服上看到一个个裸裎者的全部生活，卑微且无味。她因而想到他们此刻或许也在别处办公室的后阳台窥伺别人的生活，如同有人说不定正打开办公室后窗从她晾晒的丝袜、裤裙推测她的赤裸一样。她第一次发现自己的生命如此苍白。

对同事而言，后阳台似乎是个魔域，他们感受到她的转变，沉默、心不在焉、懒得搭理人，连中午时间也一个人窝在那儿啃便当、挖木瓜肉吃，然后在花盆内四处甩籽。不利于她的言语开始散播，很快地，老板约谈，希望她说明“老是不在位子上，让同事沦为她的接电话秘书是怎么回事”。她一径沉默，末了，说了一句仿佛是另一个人要她说的话：“我想辞职。”

新来的组长强悍多了，几乎花了一个月的时间进行内部公关，让其他部门感同身受：他们这组窝在死角里，对彼此需要密切交流而言是很不方便、极不方便、超级不方便的事。为了提高效率，老板同意将原来的接待室辟为他们的领土。从此，幸运的人只要抬头就可以看到对面大楼某户人家晾晒的衣物，如果，那扇窗恰好开着的话。

原先那个花枝招展的沙发，只好往储藏室送葬，两个男人扛去，费了劲才在乱七八糟的纸箱中挪出空位安葬了事。其中一个趁机摸鱼，歪在沙发上小眯，另一个开门往后阳台躲，说：“抽根烟，累死了。”

当他看到对栋石栏边几枝迎风飘摇的五节芒时，他的心仿佛松软的土壤里蚯蚓钻动，才惊觉秋天的确渐凉。就在点烟的当口，更惊讶花盆里冒着一株株木瓜苗，三爪叶片绿得天真活泼，他忽然感到莫名的熟稔，一个欢乐的年代，不知什么时候掉落的年代，他怎么也想不起来，在这微凉的秋日下午。

没有人关心辞职后她到哪儿去了，同样，也没有人注意到后阳台有了新主人。不久，冬天像往年一样，带着冷锋降临。

女人刀

雷雨清洗午后市街时，她总是陷入毁灭的想象。高楼临窗，雾茫茫的大雨城市壅塞着车辆与奔窜的行人，那么喧嚣，却也千古荒凉。她倚窗看着，觉得一切都在飘浮，如枯木、草屑甚至是穿着花衬衫的尸身，摇摇荡荡，从她眼底流过。她嘴角的笑意慢慢漾开，仿佛毁灭也是应该的。

临近下班时间，电话与印表机的声音渐渐止息。有人关掉大灯，她习惯桌上那盏小台灯的柔和光线，一种容许她暂时停泊，跟白昼与黑夜都断绝关系的灯色。她摸出刀片，以女巫般虔诚的神情削铅笔，总有十来支，长长短短，一律削成高挑针状。她用玻璃罐收集木屑。每支铅笔颈部位置的商标符号包括 HB、6B 等字样均被她削掉，仿佛集体处了宫刑。

女人一生离不开刀，菜刀、刨刀、剪刀、指甲刀、修眉刀……她发觉自己削铅笔的手势像在削一尾垂老的青竹丝蛇，一竿被鸥鸟抛弃的船桅，有时也像削芦笋。她的女儿爱吃芦笋炒肉丝。女人持刀各有功法，最后还是把自己刨尽削完。

她的父亲开启她对刀的癖爱。

那是个南部小镇燠热的午后，榻榻米上，老式大同电风扇呼噜噜地吹着墙。她的母亲正在裁一件洋装，黑柄长刃剪刀以老练水手的姿态泅开一匹粉红碎花海洋，布尺像蛇挂在母亲的脖子上，胸襟上别着两根针，线拖得好长。她愿意用一生来记忆那种小家小户清贫度日的燠热，以及母亲颈项上汗水的闪光。刚学会坐的弟弟在她身后酣睡，以至于婴儿的乳味也掺入燠热的旋涡里，忽浓忽淡。母亲得意地告诉她，当年一起学裁缝的姑娘们不知换过多少把剪刀了，就她这把还是亮亮堂堂的，利得可以剪断三辈子冤仇。她用这把刀剪出小镇姑娘的春装冬袄，有时路上碰着了，她还会翻正人家的领子，悄悄退两步觑那衣服。母亲的收入不比当公务员的父亲差，也乐得用剩布拼几件小衫、短裤给儿女穿，但坚持只做里衣，免得穿上街，坏了父亲的颜面。她知道母亲藏私房钱的位置，而且非常早熟地绝对不跟嗜赌的父亲提一个字。那把剪刀，像圣物般，被母亲呵护着，平常高高挂在墙壁上，不许她玩。她躺在榻榻米上睡觉，总会盯着看，院外的路灯光影晃悠悠地漫进来，在雪白的长刃上奋集，她看着看着睡沉了，梦见剪刀自己攀下来，咔嚓咔嚓爬到放剩布的篓子内找吃的，好像一个又饿又累的好女人。

她们都没听到雷雨，那匹碎花布已经肢解成数片。她与母亲正在讨论要不要加一朵白色蝴蝶救一救这件碎花洋装，杂货店老板娘偷偷吩咐了，这是她女儿的相亲装。她从来没见过母亲用这么痴情的眼神凝视布片，又站起来退后几步，看了一会儿，喃喃自语，蝴蝶结太稚气，不如盘一朵白茶花，那么，小圆领要比荷叶领端庄娴淑。“唉，这女孩是个好女孩，嫁得好就好，嫁不好平白糟蹋了。”妈妈说。

父亲水淋淋地冲进来，满面怒容：死人了，没看到下雨吗？母亲恍然回到现实，冲到院子收衣服。这是头一回，她忘了给丈夫送伞，忘了烧饭。天色黑黝黝涌进来，腐蚀她所眷恋的燠热的幸福。她缩在墙角，因为惊惧而搓弄弟弟的脚，婴儿的哭声反而令她冷静起来，于是她看到母亲静默地捡拾被父亲扫落的布片、针线，一屋子全是父亲的怒声以及大同电扇的伴奏。她看到一语不发的母亲用绒布擦拭剪刀，站起，走向墙壁，突然在听到一句秽词之后，转身，剪刀朝父亲丢去。

她把木屑赶入玻璃罐，昨天才丢进去的香水球散出淡淡的薰衣草香。还有三十分钟才到这周的电话时间，够她仔细削好一袋芦笋。听女儿说新阿姨不削芦笋皮，她也管不了这么做会不会让人家生气。跟女儿约好在巷口的便利超市见，给了东西就走，女儿问："什么东西呀，妈妈？"她说："妈妈也没有什么好东西给你了，还不就是你要的铅笔屑，还不就是芦笋。"

她站在全家福超市门口看雨中夜景，觉得一切都是浮的，从一个年代到另一个年代，从这个女人到另一个女人。她想，待会儿回家问母亲，那么短的距离，当年为什么剪刀没有掷中父亲的身体？

末班车上的女人

她从困盹中醒来，首先看到黑夜，黄、白灯球散落于荒丘与乱野之间，像魔火正在焚烧山根。她有严重散光，世间风景在她眼里非常虚幻，尤其夜晚，灯光漫漶成火海，吞噬蝼蚁人间。夜风饿虎似的扑入胸口又呼啸而去，她朦胧觉得心肝被掏了，只剩无血无泪的躯壳在回家的末班车上。

“总讲一句，伊笨到有剩啦！”就是这句话吵醒她，夹在轰隆的车声中仍不失匕首般锋利。她找到说话者，坐在门口第一张单人座的臃肿老妇，左脚拐住夜市摊贩用的塑胶布包，右脚大剌剌地悬空顶着扶杆，扯开嗓门儿一面对司机叙述某个女人被丈夫遗弃的故事，一面利落地抽烟。司机猛踩油门，车身颠簸得快要解体，从答话中，才发现司机是个声音夹沙的中年女人。她坐在司机背后第一张单人椅上。

“这里没一条好路！”女司机吼着，字字砂石，使狠超过一辆垃圾车却被另一辆挡着。臭味灌进来，她懒得关窗，正在寻思“没一条好路”的双关语义。附近进行重大工程建设破坏路面是真的，但也用不着吼叫；她想女人的心肝被掏出后肉体会不会发腐？有没有垃圾车专收发腐的女身，在没有一条好走的女人路上？那副心肝泡过咸泪后会不会生出新形体？

车内只有三个女人，那名被激烈谈论的女人替她们划出神秘的四角关系，仿佛女人的生态循环链。她感到强烈不快，抗拒进入循环，但那位无形女人却像磁铁吸住她，使她出乎意料插话：“有给赡养费吗？”老妇转头，愤怒地说：“免想啦！伊笨到用伊尪的名买厝，现在才会一身空空……”“免！有本领自己赚！”司机挥手打断，像个权威的霸王训斥喽啰。她才知道司机离婚五年了。

下车后，她感到惊怖，车厢内有一把诡异的魔火，把四个女人焚成男人。

第二章
一瓢清浅

梦魇

天色像老年人的病脸，铅灰着。隔墙窜出五六枝不知名的枝丫，各竖一盏尖灯泡形的黄花，鲜黄得刺眼。离天亮还有一小段路。

她又梦魇了，才醒来。眼光呆滞，死盯着黄花看，脑子像和了树脂与水的石膏糊，水汪汪的又泥泥巴巴，没匀的部分开始变硬。不确定自己身在何处，或者说，不确定还有个自己。黄花高高低低的没什么意义，铅块天空看来也是故障的。她怔忡好久，脑里几根银丝般的触须开始动，企图挣脱，然后那条蛇也动了，盘成一坨伪装成石膏糊的大白蛇迅速压住那几根触须。现在，一切暗了，眼皮垂下，人仿佛仍在被蛇追杀的梦中。

远处传来鸟叫，隔着潸潸然的雨幕，忽东忽西，像悬浮在空中的无数只耳朵，窃听她的心底秘密。她虚弱至极，遂幻想一群红羽的、蓝翅的、黑翼的鸟一齐飞入她的脑子，用尖喙啄蛇……这样想似乎没用，她仍然感到那条整夜折磨她的大虫此刻盘得安安稳稳，发出均匀气息，享受胜利者的睡眠。

那件事发生时，她正趴在母亲怀里安睡。当她被尖锐的争吵声惊醒，迷迷糊糊睁开幼儿的眼睛，首先看到从天花板悬吊而下的昏黄灯泡大幅度摆荡着，把乌沉沉的夜荡得像无数斋集的黑苍蝇。她揪住母亲的衣领企图挣脱怀抱却不知该往上或往下，母亲强壮的手臂从她背后斜斜勒紧，使她的头完全背对现场，然而母亲一个错误的转身，她毫无抵御地看到那个男人从笼子里抓出一条长蛇，愤怒地朝她们鞭打，她的小脸首当其冲吃到第一鞭。然而，也只是蜷曲且濡湿的一鞭而已。

生命中曾经发生的五秒钟事件可能需要五十年才能洗净。她决定今天要洗个彻底。跨入一家老字号蛇店，她对那个年迈的男人说：“爸，教我剥蛇！”

记忆房间

整个晚上，保持固定坐姿。手牵手推开小酒馆的门，铜铃喧哗。在挨窗的圆桌坐下，一对很黏的情人，酒保抬头。铃铛叮叮咚。

靛蓝桌布，深宫残殿的颜色，朱红桌垫上搁一只雾灰色陶土小鹅，鹅背插一朵风干的艳玫瑰，蓓蕾像送入洞房途中忽然死了的新娘，完整的处女且来不及悲哀。

陶鹅朝窗，划不出胭脂海，似红海上一团鹅形灰雾，玫瑰沉浮，在雾中、胭脂海面及辽阔的死夜。她把鹅与玫瑰尸移到隔桌。伏特加，她说；玫瑰红茶，他说。冬雨敲打玻璃窗，寒流开始巡夜。奇怪，冷酒喝下去变烫，热茶反而变冷。他沉默。要喝一口酒吗？不，茶很好。逐渐保持固定姿势，眼睛朝墙壁，飞蛾般栖在鹅上，她斜睇，窥伺眼神变化，从鹅移开而后定在墙上几幅油彩花卉上，中世纪少女侧影最后穿透墙壁进入记忆房间；烤火、晚餐、诵一首情诗给爱人听，春夜画眉鸟轻轻摇晃竹笼子就在屋檐下，诗有体温。她喝酒，轻轻摇晃玻璃杯，六盏鱼眼灯映入酒中，晃出细碎黄光，虚幻如宝石迷人。她知道他进入的记忆房间她永远进不去，却悲哀地看到房间摆设，像站在透明窗前看到炉火吹嘘晚餐的可口，优美诗句被声音抚爱后化成飞舞的白羽鸟，多露水的春夜，与爱人在一起，两个人的记忆在此时交缠，互相承诺一辈子随时回到原点，再缠一次，再缠一次。

她悲哀地发现自己站在记忆房间之外用力拍窗，拍打虚空而已，房里人听不到。她是笨重的肉躯，冠“情人”之名坐在小酒馆喝烈酒的陌生女人。酒杯内的灯影仍是六盏，宝石般幻影，没有一盏引她进入自己的记忆房间。饮尽最后一口，薄刃划喉。现在时间是半夜十二点，她斜睇，怜悯地。她看到他的过去，他的现在与未来也属于过去，富丽堂皇的葬城。她轻轻笑起来。

手牵手推开小酒馆的门，她决定成为他的另一间记忆，他会开始爱她，而她习惯扑杀记忆。铜铃叮叮咚，叮叮咚。

萤火虫

雨把山泡湿。夜很轻薄，允许你腻在它怀里似的。但是夜有它的洁癖，蹂躏你，如拈掉袖口上一只渴欢的萤火虫。

她从无意义的争辩中脱身，隔壁家的电视正在报告气象，有人呵斥孩子应该洗澡了。她下楼时，买晚报的邻人对她微笑。她听到报纸被摊开的声音，沿着楼梯上升，脚步声缓慢，拖油瓶似的，她觉得阅报者像每份晚报附赠的一个可爱玩偶。

如果能明确愤怒或生气倒是好的。她发动那辆破旧的五十 CC 机车。情绪是灯塔，她会清晰地看到船的形状、风浪级数、航程、方向以及渔获，她会知道坐标。当对方以严厉的口吻质问她，要求立即回答，她完全无法进入他的语系，不了解语言背后所肯定的意义是什么，而她脸上流露的天真无邪的沉默，接着被误读为恶意挑衅，引发更尖锐的语言攻击。她也知道依照常理应该“生气”，可是忽然忘记生气的技术，像断臂人不知如何接对方递来的一杯酒。基于问答的礼仪惯性，她说话了，纠正对方某一个字的正确读音，接着听到玻璃杯被扫落的声音。她走出房间。

机车太旧了，像肺癌末期严重咳嗽。山路千回百转，这是好的，不需要辨认方向。她甚至不知道翻过山会到什么地方，海湾、悬崖，还是墓园？潮湿的空气进入肺部，她感到肺叶舒放，雨针扎着肌肤，近乎缱绻，像被一个庞大且拥有猫般丰润毛发的情人抚慰着。车灯忽亮忽灭，雨丝忽明忽暗，她想，从半空看，她像一只在情人怀里骚动的萤火虫吧！

当她这么想，从山路回转处摇曳而来的另一盏车灯也是萤火虫了，好像被秋声惊动，各自从腐草中飞出，才发现天地间仅剩两只而已。她迎上前，想告诉对方萤火虫是很浪漫的虫子，却听到撞击的声音。

没有人知道萤火虫的典故，只好当作不切实际的遗言。

不为人知的祝福

一批寒流刚过，气温接着回升了，阳光是有那么几缕，牵牵绊绊搭在大楼公寓的后阳台，或小公园内病恹恹的榕树梢，像书香门第搬了家，总还有几页脱线的古诗词留在大宅院里，让人读不出是风雅还是衰败。

她挨着窗，午茶第二泡了，无目的地看着对面大楼后阳台一个洗衣妇人的侧影，倾斜的阳光正好投照在铁栅及热水器下方，洗衣槽也在那位置。妇人专心搓洗，头部忽阴忽晴，像个机械人；铁栅上搭着一把拖把，心痛如绞的样子，倒比洗衣妇更有人味。她看风景看痴了，搁在桌上那袋不动产所有权状及财务清单、计算机，倒像别人家的功课。女侍端来糕点，又添了沸水。

代书拨了大哥大，说要晚半个小时才能到。多出来的时间令她发傻，既不想回忆也不愿绸缪什么。这一个月以来她像个战兵，谈条件、清财务、约律师、办离婚、迁户籍、卖房子，她其实不喜欢这样快刀斩乱麻，一个女人一旦不哭哭啼啼了，那种公事公办的效率伤的是自己。她宁愿自己哀怨些，有伤心的实况，可她做不来了，连这宝贵的半个小时都用不到自己身上，痴痴地看那妇人开始晾大大小小的衣服。

一对年轻男女坐在她后面，嘀嘀咕咕几句话后开始讨论地段、坪数与租押金。她的副业兴趣来了，因此很自然收听。数年婚姻生涯最大的成功是她发挥了房地产方面的特长才替双方累积财富，要不，这婚也不会离得这么干净利落。看来是准备结婚的无壳族，她好想转过身传授门道，终于忍了。也许，共苦时光才是婚姻生涯里最让人刻骨铭心的吧！

她在财务清单背面无目的地画，正面的数字透过来像美好的虚线。她画一幢有庭院的房子，绿树高高地在窗前拂动，结着累累的果实，烟囱有炊烟升起。她全心全意要把它送给那对即将结婚的情侣，她要祝福他们白头偕老。

一滴泪滑了下来。

当年旧巷

晚春时节，那棵木棉还在，残花被行人的脚步分尸了，仍看得出烈士颜色；过阵子，荚果会爆，棉絮撒成一道淡雾。她欢喜这树，兼蓄壮烈与婉柔，壮的时候轰轰烈烈摔成一个“死”字，柔起来清清淡淡，好似无话可说。

要不是木棉还在，说不定认不出这街口。二十年前同样地点，棉被店、修理机车的霸了两旁，巷口一对老兵夫妇卖担仔面。附近常年飘着一股破落味儿，奋集一群老人、离乡少年或流浪汉，只有二楼靠马路那间房繁殖青春气息。她与他租屋同居，十九岁，像两个初次夜猎的酋长之子，手中各擒一把火焰，腰系短刀。

他们很穷，五坪大房间就两张桌椅、塑胶衣橱、单人床及一把插电式水壶。他说总有一天会有五十坪带前后院，种二十棵木棉，既然你们女人喜欢！什么“你们”？你要娶几个老婆？说！她掐他脖子咬他肩头，呜呜哭了起来，受不得一点委屈。她以为爱就是完完整整独霸，像胃里一颗不敲壳的核桃，用一辈子消化。

寒冬早晨，她用电壶壶嘴冒出的热气熔化凝固的奶油，一小匙一小匙抹六片吐司，做早餐给他吃，穷得很满足。她甚至想，一棵木棉的棉絮够不够缝两个枕头？然而她总觉得不安，有一回吃水煮花生，她说比赛谁记得的电话号码多，背一个取一粒，他全说了，她全记住，用来追查无法掌握行踪的每个晚上。

那么，应该是木棉花坠的时节，争吵之后，她说：让我做一件事。他答应。她骑坐在他身上，捏一片双刃剃刀，盛一碗水，专神地替他刮胡，胡楂在碗中或沉或浮，少了什么，她知道只要垂直使力，那碗清水就会变成红色圣液。她煞手，催他出门，她知道初恋就这么毁了。

如今变成新兴商业街，木棉矮了。她忆起二十年前的旧情，仿佛三十九岁母亲偷看十九岁女儿的日记，分辨不出那嘴角的笑意是宽恕，还是羡慕。

情殇

挽联总是这样开始："××× 同学千古，痛失英才，×× 系全体师生挽。"

"死因"开始像空气一般漫开来，因为"情"字太苦，让他坠落于永劫不复的深渊，让他感到天就像一颗星那样遥远、寒冷、绝望。他开始漫走，无法分辨黑夜或清晨，他却隐约知觉自己的脚步已然失控，无可挽回地留恋于她的墙围；他无法逃避地缘，更无法超拔于深溺的苦血；他开始对椰子树感到可笑，对杜鹃的无知感到厌恶，他开始无法指认人与人的面孔有何不同。他遗忘了他的姓名，也嗅不出他的夹克衣领上有着浓呛的烟腻——自然也不知道那些烟蒂抛在何处了，就像不知道自己被抛到哪里。他只觉得风有点刺，带着一种暗示性的信息，他只想往高处去！遂上了高楼，再高一点！再高一点！离星空很近了！再高一点！不是要摘它，只想看清楚星的逻辑，他只想试着去演绎星空的微分或积分，他的脑中隐约浮现一个可追及的答案，一线钥匙孔的天机，他箭一般向长空射去！

清晨，在醉月湖畔，新生大楼旁跳土风舞的阿巴桑们发现地上有一匹血的红绸，上面俯卧着一个英挺的少年的人形！

这个时代仍旧有罗密欧与朱丽叶，可惜的是，罗密欧遇不到朱丽叶，朱丽叶也遇不到罗密欧，因而他或她的死便配不上“殉”的勋章，也进不了莎士比亚的忠烈祠。人们只称之为“夭折”，颁了一副“痛失英才”的挽联后，便开始刷洗地上的血迹。

人们的世界没有错，错的一定是星空，那种无法跋涉的寒冷，总让深情的人错足。

咖啡小馆里的狼

无人的时空，她是另一个她。

世界透明着，看别人或自己分外清晰，血管里血液流动的速度，或几年前不小心黏在胃壁的一粒果籽都看得见似的。她觉得自己与任何人失去关系，只是好奇地趴在世界的门墙外窥伺，像一匹蛮荒世纪的野狼。

进入一家咖啡小馆，选择靠窗的双人桌，狼把那件人模人样的影子搭在空椅上。叫一杯“神圣的毒液”——Espresso 咖啡。

下午六点，恐怖的东区大道，她刚才踅来时与落日擦肩而过，繁华与虚幻在交叠后浮出一股欢场味，末世纪情调的台北落日。下班车潮，刮破行人的耳朵。她独自欣赏落日，发现它与自己一样是异变中的游魂，不在回家吃晚饭的名单上的。

所以，当她看见巷子里亮着蓝色招牌的咖啡小馆时，立刻决定取消今晚的喜宴，做个失踪的人。虽然，宴客地点就在眼前。“失踪的自由”，像藏在狼毛里远古时代的几粒烫砂，于潮湿多雨的都市闷了几年，渐渐活了，有它自己的思想，变成虱子，在烟尘弥漫的繁华大道上、飘着月光的春夜，或不关心开往何处的异国火车里，搔痛她的心，搔出狼的原形。狼是不需向任何人类交代行踪与思想的。

靠窗，铺着深蓝方巾与白布的咖啡桌上，冰冻着什么。她扭开那盏镶花彩绘玻璃的小台灯，才发现昏黄灯光流出了暧昧的蓝色忧伤，狼觉得很好笑。此时，窗外站着一对男女，狼马上看出他们摩登衣饰的口袋里，藏有绯色秘闻。似乎有了小争执，碎冰块的那种。狼趴在窗口嗅，他们的恋情带了很浓的办公室味道。也许，为了永远得不出结论的、要不要把自己的名字从“回家睡觉的名单”上剔除，而站在巷口继续开会吧！狼就是因为想到缠在人身上那些粗的、细的绳索才笑出来的。

现在，狼带着无所事事的悠闲，朝窗外的他们吹一口气：“进来歇歇吧，你们需要啜饮‘神圣的毒液’，把人模人样的影子搭在椅背上，从狼的世界看人的问题。”

狼在午夜十二点离开咖啡小馆。它是今晚唯一的客人。

自画像

枯坐画室第五天了，她虚弱地睁开布满血丝的眼睛，依旧看见雪白的画布上不断闪过一幅幅人像：穿花旗袍戴珍珠项链的富态少奶奶、握烟斗露出怀表链的老绅士，侧坐的，半身站立的，交叠在画布上，仿佛一群雍容华贵的贵族在她面前聚餐。

她闭眼，回想那幅梦境：一条白色小路向前蜿蜒，看来像狂雪之夜独行的银蟒，散发一股高贵的冷；路的尾端矗立半幢倾圮的小屋，久经飞沙傲雪袭击，外墙斑驳灰白，然而有一扇不易辨识的窗，隐约流出微弱的灯光。

七年前，一位陌生中年男子来到她的画室——由废弃仓库改装成的住家兼工作室。他诚恳地说，在新人联展中看到她的作品，认为她是唯一人选。

梦境中，屋后迤逦一片暗红火海，纠缠着、咆哮着，浓烟往上冒又回吞烈焰，仿佛巨兽在毁灭前格斗。天空由墨黑而渐次黛青，终于在烟波蓝的高空勾出一弯白月。

她接受丰厚的订金，从此专心为企业家高级俱乐部的二十八个会员画像。她分别与他们生活三个月，聆听他们的奋斗史，捕捉最动人的神情、掌握性格。她准备画谁，谁的声音、影像、姿态便全部占满她的脑海。他们惊叹她的技术，报酬愈来愈高。她搬到高级住宅区，拥有宽敞的画室，并常常跟随他们出席各种社交场合。

然而遥远的高空被画面前端的一盏路灯遮去一半，灯杆朽坏，底座浮凸，杆顶呈弧形弯曲，灯早就破灭，那道弧弯底下，悬着一只黑阒阒的死猫。雪夜中，猫眼射出冷冷黄光。

第七年，那位中年男子也有了老态，签出最后一张支票，温煦地告诉她："这笔钱足够让你重新开始，请你宽宥一个父亲的苦心，我儿子的绘画才华不如你，所以我必须买断你的时间！”

枯坐画室第十天，她仍旧画不出梦境。当人们发现她像对待一只猫般把自己吊死时，没有人了解，她内心的画终于下笔了。

一瓢清浅

总有一些温馨的东西，随着生活的潮涨不知不觉地遗落于我孤单的沙岸，像一篇呆板的公文里突然冒出的美丽句子，那样令人惊讶，令人有浅浅的喜悦。任凭是潮来潮往的日夕，任是旋不止的旋涡，我仍旧要坚持着去珍惜这些意外，一点一滴地收藏。当有一天，当我年老得只咀嚼得动回忆，我会欣喜于自己一直保有着的这一瓢清浅——一瓢有着珍珠色泽的清清浅浅，我会满足地死去。

惊

那一天多美妙。那几个衣衫不整、爱流鼻涕的小毛头竟然为我冠冕。

我一直喜欢花，却种不好花。就像花农不一定能欣赏他的花，这原是不足为奇的。可是，心里总是遗憾。

突然在河堤的小菜园里发现一株矮矮的蔷薇，疏疏的叶片，像镶上去似的，在早春的晨风中透着初醒的寒意。更让人欣喜的，在这样瘦弱的枝头上，竟躺着一朵含苞的小蔷薇。我无法形容我有多愉快，我一直喜欢含苞待放的花朵，总让我分享到她们羞怯的喜悦——期盼明日太阳的那份等待的喜悦。我拔了一半的洋葱，便搁在地上，用沾着泥的双手去轻轻触摸这如樱红小口的花蕾，她想说些什么呀？我心里在猜。放眼是一望无际的翠绿，从暗绿的竹林到鲜绿的秧苗，到岸边的草及一行油绿的蔬菜。甚至连河水也不知不觉地吐露着浅绿的年龄。而这朱唇未启的小蔷薇，她想吐露些什么呀？

我轻轻摸她淡淡的软刺，她好娇羞地颤抖着。更忍不住要凑上去嗅，淡淡的，糅着春泥与绿草的一股清香，只因为这，我便像饮了早露一般地舒畅起来。

我告诉云妹。

“河岸有一棵蔷薇，快开花了，知不知道？”

“哈！我怎么会不知道？”

“谁种的？”

“本小姐！”她好得意。

“你怎么种？浇肥浇水——”

“不用那么麻烦啦！我在阿姑家摘的，走到半路，懒得拿回来，就随便插在河岸上，它就活啦！”

我嫉妒死了。什么花到她手里，不让它活就硬会活，到我手里，硬要它活就偏不活！

“你喜欢吗？”她问。

“当然喜欢！好喜欢！”

那一天，我在屋里看书。

“姐——出来一下。”

“阿——敏——啊，出来哦！”隔壁家的两兄弟，一个五岁，一个三岁，也拉长喉咙在叫，好嫩的声音。

“做什么啦，在看书。”

“出来啦！你出来就知道——”此起彼落地在呼唤，我只好出去，站在大门口。两个小毛头看我出来，赶紧跑到草堆后面躲，还一径嬉笑，我心知不妙。

“做什么？”我问云妹。她站在晒谷场，两手插入口袋，很神秘的样子，眼睛却笑得很媚。她的脚踏车停在门口，沾着泥。

“下来啦！不会害你的啦！”她边说边示意我下楼。

“我跟你说哦——”这是我警告人的口头禅。

“不会啦！不会啦！！”她说。

于是我下阶梯，站在晒谷场，听她的话坐在地上，把眼睛闭起来，不偷看就不偷看。

“出——来——啊！！”拉长的大叫。

突然，那两个小家伙“噌”地跑来，我赶快睁开眼，看他们三个人从口袋里掏出东西，往我身上撒，满天的蔷薇花瓣纷纷落在我的发上、襟上、手上。我惊愕了，不晓得怎么办，眼睁睁地看他们好高兴地从口袋掏花瓣撒我，又叫又跳，连那个三岁的小毛头也笑嘻嘻地又拍手又跺足，笑得把小鼻子都挤成了一堆。

我呆呆地坐在地上，感觉着花瓣积在发上的那种重量，那种快乐的重量，有着尝尽幸福之后的满足的疲惫。

那朵小蔷薇冠冕着春之绿野。而我也被冠冕，被天地间最珍贵的赤子之心。

被天地间最珍贵的赤子之心。

神秘的雕刻家

想不透自己为何喜欢花花草草，更想不透为何爱那些落花枯叶。如果含苞的花朵象征青春，那么地上泥里的花叶即是老年，像人生。也许是喜欢这一点灵犀相通。

在我的书页里常夹着叶子，它们不是枯了，就是被虫蛀了，没有一片是完好的。而我深爱着，爱那一份饱尝风霜摧折却尽力维持的生之尊严。岁月的轮痕太快也太深，叶片的筋骨在被啃噬之后依旧以它最原始的图案在展露，始终没有放弃去拼凑那剩得可怜的脉络，仍旧忠实地守护大地母亲赐它的身体发肤，守护它的生命。虽是残缺，残缺是它最令人感动的美。

谁是那神秘的雕刻家，竟用万物的身体习作，一次又一次，练习一个草写的“死”字！

生命可以有不同的姿态，但同样是航行于真理之海。万物各有其迷人的韵律，而终究是以不同的方式在演算一道相同的定理，每张证明的纸上都写着同一个答案：一个最初及一个最后的坐标点，都是线段。

只不过有人两三笔便推出了结果，而有人硬是不肯歇止，希望算成射线。

我是尊敬那些不死心的人的，他们敢于去争。敢在日常生活中吵些鸡毛蒜皮的不算什么，敢和生命讨价还价的才是了不起。我尊敬那分悲剧。

就像我所珍爱的叶片，每次面对，仿佛听到在某个冷秋，那叶子用每一寸绿肉去与季节争吵，甚至与冬天商量，到最后，那刽子手只好暗中动手，把叶的肉体强啃成一个句点，那是死的标志。

而叶也有傲骨，还以残骸拼它的名字，我始终晓得它隶属于哪棵树，那是它生之尊严。

当我惊觉自己被莫名的绳子捆得死紧，几乎逼我要画了押时，我想起那片残缺的叶子。如果这么容易便把自己交出去，我如何对得起生命？

谁是那神秘的雕刻家已不重要，当他满头大汗，还在我身上舞着笨拙的钝刃时，我已再生。

小白蟹

淡水是适合远看的，尤其在大屯山上看，觉得那真是银河的倒影，有点海市蜃楼。若是下了火车去看，探头之处，全是人间烟火。

偏偏想坐渡船，像绣花机一样地替河布一道蕾丝边。

半路上，小店前有个大塑料脸盆，装着密密的东西，“三只五块！三只五块！”探头一看，是小螃蟹，小得像大拇指的指甲，脚像线似的，争先恐后往盆沿爬。那小贩捧起脸盆用力摇两下，“三只五块！”

像在心疼什么，突然走不动。

只有两块钱，那小贩给了我一只。一只全白的小白蟹，它多小，小得连肤色都还没长出。它在我的掌肉上乱抓，我感受得出那轻微的颤抖。手掌对它而言，可能是离乡背井的象征。它这么小就得尝受禁锢，我不忍。

要坐渡船了。岸边是碎石地，河水也碎成网状的小支流，几乎要俯着身才看得清楚。我择一条水较深的，放了小白蟹，它似乎惊愕了一下，才没命地奔跑，像受了吓的小孩。我俯身看它，算是送它一程，但愿以后都好好的，永远好好的。

船要开了，我赶紧爬上岸堤，才发现有三四个小孩俯身在岸边巡着，一手提桶，一手拿网。

我突然哀哀地失笑起来。

笔

我有个橱子专门放高中时代的书籍杂物，在内湖，一年难得去碰几次，就任它荒着。

想找一本旧书，踮着脚去开那个橱。突然拉出一包东西，塑料袋装着，硬硬的，实在猜不出是什么。但认得是自己的东西，依旧有半丝的熟悉在唤着。

我的生活的某一个角落是很乱的，虽然整体来看，人家都说我很整齐干净。在那个角落里，不只东西是乱七八糟地横竖着，连记忆也错综复杂，不能去牵扯，一牵扯就没完没了。

偏偏常常无意中去碰到，于是整个人就陷进去了，把窗外的车水马龙都忘掉，一心一意陶醉着，在那个纯然只有我的世界里，没有人能吵得动我。

曾经，为了找一根针补衣服，花了一个上午。结果，穿了一串玫瑰花瓣，做了几张卡片。为了做卡片，翻遍所有的书找夹了很久的叶子，看到叶子，想到这片叶子是在礁溪摘的，这一片是擎天岗的……找卡纸、美术刀、钢尺，一一裁好，一一贴在最美的位置。想起《泰戈尔诗集》里有几首诗很喜欢，于是翻书找那些句子。用针笔写很俊逸的字在上面，找毛线钩长长的穗子结在卡片前头，然后静静地欣赏。一个上午过去了。

我忘了原来是要找针缝衣服的。

如今，这包东西让我好奇。我跳到床上打开它，到底是什么东西？

“哗啦啦”统统掉出来，一堆小山似的，像锯木厂里堆着的木材，唤起多少年前坎坷的记忆，我拥有这么多笔吗?

都是原子笔，除了几支铅笔和彩色笔。我还找到一支钢笔，记起那是在路边摊买的，八十块，生平第一次买的钢笔，希望使写信成为一种庄重，所以买它。但它又开运河又漏水，把我的手染得青紫，一点也不庄重，仿佛是从事染织行业的。

原子笔有黑的、红的、蓝的、紫的、绿的，所以当时我的笔记簿像彩色拼图。我喜欢黑色的，几乎各厂牌的黑色原子笔我都有：雷诺的、理想的、蜻蜓的；日本的、法国的、德国的、意大利的……每当想舒舒服服写信时，我就选择黑色去吐露。它让我把世界勾勒得那么清楚，把心事写得那么流利，尤其在一张淡蓝的信纸上，犁得酣畅又浪漫，像一亩美丽的秘密。我用它写情书。

红原子笔代表警告。几乎每本教科书都画了密密的红线条，一遍又一遍。我总认为什么都重要，再小的事件都有它的影响与意义。我几乎背下了整本历史书，连光绪皇帝比慈禧太后早死一天都记得，那表示光绪有可能是被慈禧害死的。当时我是这么想。

缅怀在这堆笔的记忆中，我的喜悦难以形容。一种满足的心情高涨着，仿佛看到过去一笔一画的生活，看到自己曾经那么认真地握笔；那是怎样的一条河啊！从我的心到我的臂到握紧的掌，突然是高耸的山峰，泻下一条瀑布，流出每个季节曲折的成长。

我一一数着，像在校阅一队老弱残兵，有沙场的声音。

小表弟爬上床，争着和我抢笔，才三岁，当然抢不过我。我用双臂圈着笔，骗他出去，他愈是要玩，并用哭声威胁。

我让他哭，继续数。

九十四支，九十四支没有水的原子笔。我愣了，好庞大的感情在牵扯！我用过这么多笔，我到底写过什么？它们曾经尽责地让我发泄那段苦闷的年龄。我的悲喜，我的哀恸，它们曾经一一见证，一一了解。多少夜灯下，我的苦读，陪我的是它们。多少秘密，它们爬上日记本替我记录。多少愤恨，它们在纸上替我唾骂。多少喜悦，它们一一替我传播。它们忠实地待我，直到最后一滴血液流尽。

如今，我面对它们，看它们笔身的齿痕、刀痕，看透明的杆子里那条干涸的血管上碎布的惨青。九十四支笔，像九十四个忠心耿耿的仆人，寸步不离地陪着我去打人生的仗。

为什么要留着它们？为什么不一一丢到废纸篓？何必那么认真去生活？连对一支没有水的笔也要讲珍惜？为什么偏偏爱些没有用的东西……我爱的是没有用的东西吗？如果眼前这堆曾经那么认真待我的笔全没有意义，我不知道何时能找到有意义的东西！

在现实里，已经很少有人能认真相待了。如果所有同时存在的都是一线缘，我感念这堆空笔，它们曾经与我同时存在，忠心地为我存在，只因为我选择了它们，它们报我知遇之恩。

要留着的，且让世界去追逐潮流的脚步，我留着这笔感情的财产。

“来！”我亲了小表弟白嫩嫩的脸颊，“不哭！不哭！”抓起他的小肥手，塞进一支笔，紧紧握着他的手：

“来！姐教你握笔。”

第三章 觅自己

觅自己

旅行，是从固体的生活中抽离，蜕去时间、空间这一层皮，到他国异地寻觅另一个自己的活动吧！毕竟，再怎么风光明媚的自家山川，总有看腻的时候，不论何等荣华的身份，也会有想更换的念头。旅行，正好提供机会，让人从自身的禁锢中放心地飞出去，歇够了，再飞回来。

另一个自己是什么样的呢？也许是阿尔卑斯山边一家小餐馆的笑眯眯的老板，恒河畔凝视落日的独眼老妇，或是巴黎圣母院尖塔上一小坨百年不灭的鸟粪。旅行迷人之处正是在这里，扛着不轻不重的今生，到处浏览自己的前生与来世。

独处

在花事荼蘼的人生市街，敢于独自走入无人幽径的人，最能品味独处之美。虽然，红杏枝头春意闹，一直是人所向往的风景，但我愿意说，青萝拂行衣更能涌生感叹！

独处，为了重新勘察距离，使自己与人情世事、锱铢生计及逝日苦多的生命悄悄地对谈。

独处的时候，可怜身是眼中人，过往的人生故事一幕幕地放给自己看，挚爱过的、挣扎过的、怨恨过的情节，都可以追溯其必然。不管我们喜不喜欢那些结局，也不管我们曾经为那些故事付出多少徒然的心血，重要的是，它们的的确确是生命史册里的篇章，应该毫不羞愧、毫不逃避地予以收藏——在记忆的地下室，让它们一一陈列着，一一守口如瓶。

独处，也是一种短暂的自我放逐，不是真的为了摒弃什么，也许只是在一盏茶时间，回到童年某一刻，再次欢喜；也许在一段路的行进中，揣测自己的未来；也许在独自进餐时，居然对自己小小地审判着；也许，什么事也想不起来，只有一片空白，安安静静地若有所悟。

如果，你的妻子、丈夫或情侣，在一个风雨交加的夜晚，忽然拿着一把伞要出门而又无法交代去哪里，你就让他去吧。因为，再亲密的人的谈笑风生，也比不上独处时不为人知的咏叹！

当我坐在峰顶岩石上

常常，我以为自己正盘坐于高山尖顶某块布满青苔的阔岩上，悠闲地看着这个世界。

没有人迹，甚至连骚动的小兽也不会到这么高的地方来欣赏野景。没有遮日的树荫，也看不见聒噪的花丛不断地叙述她的身世；事物与记忆的边界渐渐模糊，痛楚与欢愉焚成炊烟，我只是坐着，安静地感受苔石的冷意从下往上流动，丽日的温暖自上而下蜿蜒，两股能量终于在我的胸膛汇聚，非冷非热，我虔诚地记忆这种奥妙，好似是我的第一桩启蒙。

思绪经过多年练习，我已能熟练地从蜘蛛网似的人世脉络迅速抽身，沿着一条隐秘的垂直线往上攀升，回到峰顶岩石小坐，重新看世间一眼；于是，不难看到驻留于世间一隅尚未消散的我的身影，还在为某件悲痛事件垂泣或是欢愉时刻与友人同乐。热热闹闹的现实，置身其中时我毫不怀疑；然而，回到峰顶石座，那些经历过的真实纷纷松绑，不再缠缚，仿佛是他人故事；我无从思索从高楼夷为废墟的过程是一瞬抑或一世，甚至不能辨认它们是不是我生命中的瓦砾与轻尘。

从什么时候开始养成在现实世界另行“造境”——开辟峰顶石座以揽观人生？大约是孩提旧事了。我至今仍记得那个背黑书包戴一顶黄色圆帽的小女孩，漫无目的行走于稻原阡陌全心全意问“我是谁？”的忧虑表情，她的质疑与困惑建构了我的生命底基。

我们应该怎样看待命运呢！如果作为一个人意味着必须逐步通过数道无所遁逃的难题，显然除了咬牙通过之外，我们已无法央求上天替我们摘除摆设难题的那个年月日。每道难题背后都有一张庞大复杂的因缘网，如果要规避丧亲之痛，得先取消父母的婚姻……然后呢？我有机会诞生吗？就算诞生在另一家庭，难道就能免除人生难题？我记得，在麻服加身、扶棺出殡的行列中，我低头看裹着草鞋的我的双脚一步步踩过碎石路，被咸泪灼痛的眼睛偶尔掠过仲夏时节的黄金稻原，那样辽阔且平静。人！人啊人！虚虚实实地存在着、欢乐着、泯灭着。可是，此时此刻，为何脚步这么重，时间这么慢？如同置身于幽闭的监狱，愈走，空间变得愈窄，仿佛要将人活埋。遥远山边，一列火车宛如黑色长虫穿过田原往陌生城市去，我开始从可悯的丧礼中醒来看见自己活着，活在十三岁的身体里。什么语言都是多余的，我决定离开家乡去寻找天下，不管这个世界欢不欢迎一个十三岁的孤儿，既有胆量来到人世，应有胆量一概承担。

那个漂泊的少女已经永远消逝了，我感谢她在每一道关键难题面前像武士一样勇毅且理智，她清醒地知道石砾底下藏有沃壤与清泉，不曾松懈锄耕，她也知道唯有知识与教育能让她免除一般贫农孤女提早进入基层劳力市场与婚姻的传统宿命，她常常从噩梦惊醒，因为有人在梦中押她到成衣厂上工，她遂决定把整个少女岁月像祭坛的牲礼般献给未来的自己。那些独自赁居于废弃别墅常常面临断粮的寒夜，她把毛巾放入冰箱冷藏室用来醒神，压抑渴望家庭温暖的原欲，逼迫自己凝睇窗外深沉的黑夜自惕；不会有一双慈父般的厚掌抚慰你，不会有谁引导你的破舟航向天堂港湾。她打开抽屉拿出从文具行买来印着“真善美”字样的稿纸，那么光滑，宛如春日薄雾轻轻呵护着南国平原，她虔诚地流泪：“带我进去吧！带我去找我的世界！”

然而，人之所以高贵，不在于通过多少道难关，在于通关之后能否以涵藏群山百川般的胸襟悯恤他人，进而做出喜舍。当她完成少女时期任务开展另一阶段人生时，她却开始厌恶自己，潜藏于性格中的敌意恶化成杀气使她不自觉地变成无法平衡的人。她意识到自己得面对一生中最大的关键：改革性格。她幸运地从佛理中获得启蒙，宛如病入膏肓的重症者学习幼婴诞生，重新虚怀若谷，检验行路中每一桩末枝细节，油然心生感谢。

什么语言都是多余，仅仅一念之间，看见自己回到峰顶阔岩上，朝滚烫的红尘人间、芸芸众生聚缘的世界俯首：请受我一谢！

不管英年或高寿，一生都仅是一瞬。我依然坐在峰顶岩石上，看摆设在人生道上的困局与美景，远远地发出玛瑙般的光。

人到中年有点傻

纵浪于海洋的白鲸会在适当时刻返回北极海域，进行宛如宗教般的自我洗礼；蜕皮，借以去除身上的脏垢与寄生虫。那场面想必十分诡奇，一尾重达一吨的庞然大物竟在浅滩或沙砾上扭头摆尾、摩擦身躯，其姿态介乎挣扎与舞蹈之间，那感觉想必也是痛楚混杂舒畅吧！

我非鲸，然十分赞同蜕皮。若把人的生活视作一头兽，在时间、人群中奔驰久了，难免要长寄生虫的。不同的是，有的人恨这虫，必去之而后快；有的人虽恨，但心底明白，若没了虫群，将抵挡不住“寂寞”这尾小蚕之啃噬！

年过三十之后，极触目惊心的经验是听闻白发苍苍的老前辈说：“再过两年满六十五岁退休，就可以做自己想做的事了！”其神情悦然，像等着过新年的小童。我很想问：“那您六十五岁以前都在做自己不想做的事喽？！”终究把话咽下，我焉不知好大一个险恶江湖缠住了人，教他身不由己。

这江湖像魔窟，人居其中，初始不觉得奸险、狭仄，以为可以任我翻腾。日渐，人变大而江湖嫌小，想抽身却发现自己被困住了，这一坐就是一辈子的君臣、父子、夫妻。

因而，逃到哪里都一样，除非狠下心隐入深山，否则一开门就是人间世等着，涎着脸跟你清算恩怨情仇，且锱铢必较。于是，我率性地想：自己打造一个江湖吧！既然“缠”是人生本质，我要挑我喜爱的海藻、水草。

三四年来，我与我的同辈背道而驰。他们趁势在快速扩张的媒体蜘蛛网中占一席位，成为活跃的精英分子。而我，正好选择相反，走入绝对不会比搜藏蕨类植物或豢养昆虫更令人赞叹的“家庭”行列。做妻子、做母亲一点儿也不稀奇，我们的妈妈这么做了，妈妈的妈妈的妈妈……也这么做了。

也许，时候到了，我开始想要一个均衡的人生吧！我的成长过程几乎没有机会体验所谓正常的家庭生活，我也知道过量的破碎滋味赐给我超龄成熟的力量。但是，一个巨大的空洞仍在那儿，即使我努力地往内扔事业成就感、经济能力、知名度、一栋房子、知己好友、情人……那洞还在。其实，那就是“筑巢”欲望，不见得一定得归诸法律上的婚姻，却必须有相守的承诺。遇到一个没有能力承诺的人，到底应该修改自己与之相符，抑或是在全心全意等待之后，开始整理行囊？实是一则公案。我这么想：虽是凡人，爱若爱到大雪满弓刀的地步，接下来就是轻声告别了。聆听自己心底的声音既是解答也是解脱，我想给自己一个机会去修复、弥补那个破洞。我想要一个跟以前不太一样的人生。

另一个促使人生转向的原因是无法再承担疲惫感——对这个社会、对职场生态、对愈来愈媚俗的出版走向、对自己的一管笔要不要继续帮无可救药的稿件改稿……在精神尚未耗弱以前，我想我得想办法停一停。

都市丛林生涯是猥琐且残忍的，它擅长以甜蜜为饵将你全身每寸肌肤、每根神经、每丝情感换算成商品，渐渐，你变成年轻时最痛恨的那种人。要不，你得发疯；要不，你彻头彻尾成为虚伪之徒。

疲惫累积到接近压死骆驼的最后一根稻草的地步，让我变得冷血起来，我知道个性中的杀手成分跃跃欲现。那时，我正在办公室阳台抽烟，酷热的夏日午后竟让我在汗流浃背中感到森冷，“时间到了！”心底的声音说。烟尽，掷蒂，就这么把抽了十多年、酗得不像样的瘾戒掉；就这么砍去一阶段之人生。

此后，这身体已非以前的身躯，欲望与生活变得简单明了。这过程，也是一种修复：让自己回归单纯的创作工作，让心回到未成名、未得利时的纯洁、热情，让自己预先练习被忽略、被遗忘，于无声无影无人探问之状态下，犹能依循“纪律”前进。

人到中年，应该傻一点。意大利小说家卡尔维诺所谓“慢慢地赶快”，说的就是这种心境吧！五光十色的舞台已非我向往之处，高耸的社会地位好像也不是有趣的事。我的中年情结里掺了少年热度与老年豁达，全心全意地在自己的工作里养一尾小小的“野心”，浸入时间里，看能不能养成鲸鱼？

雪夜，无尽的阅读

1

我应该如何阅读一个旅人的故事才不会惊动早晨的阳光?

春天已经破冰了，当我这么想时，仿佛看到在无边际的透明冰河上，一名瘦女子悠闲地散步，在她的步履起落之间，冰层脆声而裂，露出水，晃动云影天光。这样的想象当然超脱现实，但唯有如此，才能形容今天早晨当我睁眼看见窗玻璃被阳光糅成亮银色时的喜悦。好像人躺在巨大的时间转盘上，沿着刻度慢慢转动，终于从冷冬移至春分。被亮光穿透的感觉使我产生轻微的幸福感，小型啮齿动物轻咬的那种；尤其空气中有一股干燥的香气，接近刚成熟的柳橙掉在新鲜草地上的气味。我因此觉得世间一切事物都因季节更移而有了新的身份与面目，甚至兀自揣想，如果仔细找，说不定可以从棉被底下拖出自己昨晚蝉蜕的淡灰色皮膜。换了个人的感觉着实美妙，虽然过去两天，认床的老毛病使我连睡在自己的新床上都会神经质地失眠起来。

是的，从起床到发现那篇旅人故事以前，我都在阅读阳光。

一天之中，人的情绪起伏是无法掌控的，就像测不准原理所揭示，永远有看不见的孽贼藏在欢愉时光的毛细孔内，伺机发动偷袭，将你从峰顶推入谷底。如果，不是贪恋灿亮的阳光，我不会取消约会待在家里做点事；如果不待在家里，我当然不会上书房整理开箱上架但尚未归类的四五千本书；要不是得在书房耗很久，我就不会超量地煮一壶咖啡端上来喝；如果不把咖啡壶放在柜子上，当然不会失手打翻。接下来的连锁反应若以慢动作回放是这样的：装着黑色液体的玻璃壶自高处坠下，我本能地伸手承接，就在触地刹那，玻璃迸裂，划过我的手指，咖啡飞溅到我的衣服、一摞书、米色新沙发上，然后像鼠疫一样滑过地板，濡湿一叠乱七八糟的文件。同时，我看见指头流血了。

我很好奇别人碰到这种意外时的反应，“该死”“笨蛋”或咬牙切齿咒了声“干”？而我的反应真是上不了台面，居然发出卡通式的“欧——哦”并且急慌慌地摘下眼镜。我一面清理碎片一面骂自己“低能”，很奇怪，这一骂反而把气概逼出来，既然事情发生了，管它去死，那就发生吧！手指还在流血，我恣意抹在浅蓝棉 T 恤上，咖啡渍加上血印形成诡异的华丽，如龟裂的焦土高原忽然窜放红火鹤，飞向蓝天。我为这种离谱的念头感到好笑，干脆脱下 T 恤当抹布，擦拭那叠湿答答的文件，并且决定待会儿就把新咖啡壶拿出来再煮它一壶满满的咖啡端上来放在柜子上看事情会不会重演。我把文件、档案铺在楼梯上，让穿透半面玻璃砖墙的阳光烘干它们，于是，那只被黑蟑螂啃得不成体统的牛皮纸袋与我面对面了，袋上用签字笔写着粗黑大字：“未完成稿，暂存，一九八九。”

没错，是我的笔迹，但怎么也想不起七年前把没写完的稿子装入牛皮纸袋的事。这完全违反我的习惯，稿子没写完，表示失去热情，当然丢入垃圾桶，干吗费事保存？我是不是该怀疑自己提早得了阿尔茨海默病，要不然怎么会觉得这只牛皮纸袋像被别人栽赃般愈看愈糊涂？当然，字迹是我的，那错不了。

我抽出里头的手稿，有三四十页，一股霉湿的气味冲入鼻腔，没写完的稿子像未瞑目的人，在时间的岸边磨磨蹭蹭，等着有人听他说罢遗言，才肯含笑离席。我神经质地捏着手稿一角用力抖松，赶蠹鱼；忽然一张纸片飘了下来，捡起一看，没头没脑写着：

“或者，就这么坐在树下喝茶，看一阵野风吹过。吹落一两粒瘦小的柿子，滚到我的脚下。

“或者，我就捡起最弱的那粒，举得高高的，跟天说：‘瞧，我落了这么久，你也不捡我起来！’”

2

我们对记忆了解多少？自己的、他人的，以及自己与他人之间相互增删、蓄意霸占或秘密窥伺的记忆内容。我相信那是终年叆叇的云梦大泽，看起来像风景明信片般简单明了，当你试图跨越，却发现渺茫无边，而你贫穷得连半截浮木都没有。那么，我们终日挂在嘴边不断复述、宣扬的那套记忆，可能是基于自我防卫而自动删改、润饰过的，像风和日丽的景致，就算有瑕疵，也是小风小雨。我们躲在里面过日子，假装很幸福，久了，也变成真的。而真正的经验——那些以战栗手法逼迫我们见识生命疮孔的，却被我们驱赶到意识最底层、最阴冷的角落去，那儿杂树乱草，魑魅们四处漫游、相互斗殴。那些被埋入记忆坟场的经验，或许将永远不再骚扰我们的心灵，痛苦与惊惧就像别人家屋檐下晾晒的腊肉，下大雨没人收，也跟我们无关。

我坐在楼梯上审视这叠手稿，阳光瘦了下来，但还是亮得很大方。不远处有一两只啼鸟的声音，悠悠荡荡的，把空间叫宽了。刚搬来没几天，还抽不出空认识附近环境，只顾安顿室内什物，这些将与我日日厮磨、共织未来的器物若不理出秩序，我是没心思往外逛的。然而，此刻显得有点荒诞，我居然为一篇未完成稿而跌回往昔，试图钩沉记忆，阅读旧日。要命的是，溯洄的小径仿佛只随着鸟啼而短暂浮现，当我想跃入，路径又消逝于空中。莫名的怅惘令人无处着力，也因此，我放任自己的眼光从玻璃砖墙向外游走，院子边有两棵高大昂扬的木棉树，新叶初绽，花未退尽。木棉花总让我想起壮士断腕，与生俱来的烈性容不下一点犹豫、怯懦，她浑身着火似的颜色，本来就不是为了自怜自艾，面对自己的生命，她也敢当刺客的。

正因为如此漫思，我忽生灵感，拿起纸片又看一遍，“……吹落一两粒瘦小的柿子”让我联想到眼前悬挂于高枝的木棉花，同样艳丽的颜色，同等粉身碎骨的气势。一股似有似无的熟悉感渐渐聚拢起来，在柿子与木棉花、旧日与现在之间，边界消融，意象相互渗透；我吃了一惊，那张纸片像是预言，过去的自己预言现在的自己会在特定的情境里发现什么或获得体悟的。纸片上有一抹干血，那是不久前印上的，手指的血已经止了，刚才的小灾难仿佛没发生。我决定煮一壶咖啡，到院子里晒太阳。

一直到天暗下来，我几乎没离开院子，或者应该说，没离开那叠手稿。首页右上角，涂涂抹抹后写下两个字“雪夜”，大概是构想中的题目，打算以“雪夜”做开头的吧。“我觉得有块墨在我雪白无垠的脑中磨开”，文章是这么开始的。

3

我觉得有块墨在我雪白无垠的脑中磨开，黑汪汪的一池，恶意的野猫在里头泡爪子，到处跳逗，那雪白活活地被玷污了。

半夜了吧，只有一两辆车疾驶而过，扰乱秋夜凉爽的气流，复归安静。我大约走了三小时，从东区某家旅馆开始，无目的地行走，遇天桥则上、逢地下道则入，哪边绿灯就往那儿走，一切随缘。在城市混迹十来年，难得像今晚这么放心大胆，完全不理会单身女子走夜路会招致危险。事实上，我虽然看起来像个夜游者，然而心里只有自己，好像这么走着走着，可以走进自己温热的体内，寻觅失落甚久的某样东西或只是放松下来好好地歇息。正因为如此专神，日光灯闪灭的地下道内一名亢奋的暴露狂并没有令我却步，天桥上邀我做爱的穿西装的无聊男子也没有使我不悦，我甚至跨过倒卧街角的流浪汉并且让路给几只从坟域奔窜而来的老鼠，就这样走到新旧交杂、死生共处的南区边界。脚酸了，找把椅子坐下来，旁边是一棵倾斜的黄槐，被不远处的路灯照得鬼里鬼气。暗夜阒寂，眼前的黑暗因掺了路灯的幽光而显出层次感，但一层比一层荒凉，像沉默的冢，新新旧旧躺的都是孤独人；声声虫唧、擦过树叶的风，把寂静拉得天宽地阔，使我倏然晕眩，恍如在海洋沉浮又被掷回陆地旋转。脚是真酸了，隐隐抽痛，凭着这一点知觉，我总算知道自己身在何处。但意识仍然像孤魂野鬼又荡出去了，时而在海洋，时而在陆地，意象杂沓、断裂且零碎。蝴蝶跟风私奔。鱼在火炉上写传记。而我呢？盯着地上的黄槐落花，“从秋街的败叶里／清道夫扫出了／一张少女的小影”，不知怎的，想起卞之琳的诗，一只脚晃啊晃，踢着椅边的杂草。也许我只配幻想死亡的甜蜜。

原来这么走会走到南区。我笑起来，好久没这么笑过，算是暗夜里唯一的肯定句，要是有人恰巧经过，一定以为我痴疯了。然而，什么叫痴疯？只要我自己不觉得，当然可以放心大胆地笑下去。毕竟别人不能理解这种感受，好像小学时代试卷上有一道题不会做，闷了大半辈子，今晚终于想明白了，当然值得高兴。实则，我应该哭才对，又不知该从哪里哭起，要不是倦到一定程度，我不会没头没脑走三小时只为了得到"会走到哪里"的结论；然而，笑的纹路僵在脸上以至于无法更换表情，但我真是倦极了，把头埋入双掌，觉得无依无靠，而黑夜是唯一肯拥抱我、拍拍我肩膀的。

那人呢？我相信他已在旅馆里睡得熟如烂泥，做着梦。此刻，我坐在荒郊野外的黑夜里回想他，一股奇异的感触慢慢涌升，仿佛人浮在空中，可以俯瞰他、窥视他，进而把两人乱麻似的情事理出个形状，这是过去多年来从未有过的感觉。我想，过去太沉溺在两人构筑的井里，虽然现实上分隔南北，自己的神魂却与他同占一个时间、空间，从来不想跳出深井，探头审视井内的景致。我并非不明白沉溺的危险，但放纵自己规避，并且几近狂暴地说服自己继续这个实验，证明圣洁的爱情跟体制无关。

对面马路上，散着一顶布帽子，不远处还有一只鞋，是男人的。隔一段距离看着被丢弃的帽子与鞋，仿佛看懂了流离世间种种不得已的事。这路段常出车祸，那些东西说不定是某位出事者遗下的；那么事后，他的亲人挚友到现场来也只能找到一帽一鞋而已。人呢？如果人走了，他最亲的人如何透过遗物重塑完整的他？我想，世间的缱绻情事，是不是到最后也只能得到衣冠冢而已？无所谓不朽的誓言，无所谓完整的爱，也无所谓三世一生。

一辆巡逻警车经过，顶灯像旋转的红花，没看见坐在路边的我。索性把鞋脱了，我盘腿坐在椅子上，如僧。秋夜的凉法像陌生人温和的搭讪，我觉得仿佛有个鬼搭在我背后，害羞地，想找人聊聊天。呼吸着秋夜清新的空气，谛听远远近近的天籁，我想，人也是可以走到跟神、人、鬼都无冤无仇的地步的。

现在，隔着距离，我可以阅读他的梦了。

一个中年男子的梦能跑多远？以前，我以为再怎么天高地厚，爱可以让人背上长出结实的翅膀，飞到无人能够追缉的国度，在山巅水湄砌筑两人的石屋。我靠着等这一天而撑下来，不断在等待中反刍内心世界的亮光——从幻想中一幢用坚固岩块砌成的石屋窗户透出来的。渐渐，我知道一旦青春被没收了，人只剩做梦的欲望，丧失践梦能力；一个中年男子就像厚海绵裁制的鸟，在池塘内泡了几天几夜，好不容易挣扎上岸，嘴巴说要御风而行，无奈全身被水分拖累，一举步还涎着泥巴浆，注定是拖泥带水的。我到现在才愿意承认，这么多年来等着他风干，一起乘风遨游，是平白无故自己哄自己而已。实则，没有人承诺我，是我对他的爱过量了，超过现实所能负荷的，以至于不得不造梦来储放；梦幻中，我自己替他承诺让梦得以穿透时间阻力继续往前悬延。现在，我看清这一点，更加哑口无言。

而此刻，在旅馆酣眠的他，如果有梦，也许只是梦回南部的家吧！我闭眼，恍如侵入他的梦境，站在他背后看着：宽敞的客厅、意大利蓝皮沙发、装饰用壁炉上挂一帧年轻时代参加摄影比赛获得冠军名为《湍流》的作品，他对我描述过的——以前，我老喜欢叫他描述室内摆设，尤其做爱之后，我腻在他身上，半清醒半虚脱地要他从大门开始说起，带我走一遍；空间、位置、光线、色彩、气味、声音……我记得很仔细，连哪里最会长灰尘都知道，更随时修订实况，包括小茶几上一只花瓶打破后换上一盏灯。在肉体极尽奔腾、神魂幻游之际，我随着他的声音“回家”，脱离那张滋生病菌、无数尘世男女在上面分泌体液的旅馆床，回到“我们”的家，一起在松木双人床上入梦。是的，上楼左转第一道门就是卧室。

卧室门口墙上，挂一盏少女双手捧月似的灯，圆形灯罩，浅浅流出麻雀黄的光，我知道的，我知道的。

现在，我看着他进卧室。长期婚姻让人长出新本能，一个酩酊男人闭着眼睛也能摸进卧室，姿势无误地挨着妻子躺下。他说过他缺乏安全感，那个家固然有种种瑕疵，但置身其中没有困惑，不必狐疑自己是谁，他清楚地明白自己的角色、妻子的习惯、儿女的个性，虽然每天有不可预测的争执，但彼此交缠的根须已提前扎满尚未到来的时间。而我是什么？我是他每一两个月北上出差时固定会晤的旅馆情人，是他生命中意外的访客吧。当我无数次尾随他的声音，自以为像希腊神话中，善弹七弦琴的奥菲斯以撼动鬼神的音乐自冥府带回他的爱妻般，我尾随他的声音脱离狼狈且焦躁的现实，回到绿树浓荫的花园。现在我弄懂了，他不厌其烦地描述自己的家，并非为了在无限自由的精神层面携我返家、视我为妻，只是一个创业有成但严重缺乏安全感的中年男子，在激越的官能活动后为了处置愧疚，乖乖地躺回妻子身边而已。

夜凉了，仿佛百足蜈蚣在我的膀子上散步。我仓皇地从他的梦境退出，不能承受自己竟然花了那么多时间依附在他的生活上，像个躲在后院的乞丐，捡拾别人家厨房抛出的剩菜残羹，还沾沾自喜今日的菜肴比昨日丰盛。我在这一刻被自己击溃，男人可以不懂我的内心，不懂我何等企盼完整的爱，但我怎么可以蓄意忽略自己吞咽破碎的爱是何等割喉，转而依照他所剩无几的生活空间，活生生削砍自己对爱的梦想，以便能够塞入他的生活。小腿的抽痛延伸到心脏来，隐隐绞着，我不禁放声吼啸，像暗夜里遗失幼雏的母兽，我遗失了尊严，在爱的圣坛上原应被供奉起来的尊严。

而如今，少女老了，少女老了。

4

一口气读到这儿，的确不是一篇让人愉悦的文章。尤其，潜入一个女人的意识流域以侦测其心路转折，本来就不容易写得好，我猜当年一定写得很辛苦，手稿上涂改的痕迹布满每一页。

还是没想起怎会写它，一九八九，念了两遍，像闷在鼻腔内发痒但打不出来的一个喷嚏。那年发生了什么事?

咖啡冷了，大约已到午餐时刻，肚子有点饿，但没什么食欲，不吃也是可以的。倒是阳光烈了些，把我的眼睛扎得不太舒服，干脆把躺椅挪到廊下，今天的太阳看样子是可以把八辈子的恩怨情仇都晒干似的。打电话叫了外送比萨，还是吃点东西尽人事吧。其实，比较想吃意大利肉酱面，还有蘑菇汤，当然，再来杯热咖啡就更完美了。挂了电话才这么觉得。

“那就给我意大利肉酱面、蘑菇汤，加一杯卡布奇诺！”突然，这句话浮出脑海，“吧嗒”一声扣上刚才想吃意大利肉酱面的念头，使得原本即将飘走的意念有了重量，具备不寻常的熟稔。我怔了几秒钟，那种感觉像碰到一个曾经很熟的人，可是一下子想不起他的名字，又相当自信没忘记，只不过不知把那该死的三个字放在脑袋哪个该死的角落，以至于陷入短暂的痴呆状态。接着，一些零碎、模糊的视觉印象渐次显影，伴随着瓷盘钢叉相碰的哐啷声、嗡嗡然人语、热腾腾的食物气味、咖啡香，以及轰炸敌营般的磨豆机的巨响。

是个餐厅，我想起来了。那天的情形立刻像沉在海底的陶罐被打捞起来：我到市区办事，路过那儿，干脆进去吃中餐。是个兼卖商业简餐的咖啡连锁店，里头坐满上班族。一个胖嘟嘟的女侍把我塞到最角落最见不得人的位置，急吼吼问我吃什么，我要求换到另一张空着的四人桌，她说“对不起哦，没办法，我们中午生意很好”。果然，她的话才说完，另一位女侍带着四位饿鬼似的上班族填满那张空桌。我心里不太舒服，但生性懒散、怯懦又使我不愿另觅餐厅，所以连菜单都没看，我怪腔怪调地说：“那就给我意大利肉酱面、蘑菇汤，加一杯卡布奇诺！”心里还嘀咕：这种店有什么好吃的？生意好成这样，台北的上班族真是没地方混了！

就在我用叉子很完美地把面条旋成一个小陀螺送进嘴里

咀嚼时，一面吃东西一面四处乱瞟的坏习惯（通常是瞄别人盘子里的食物，怕自己错过什么精彩的）使我很快看到有人推门进来。丁零零，玻璃门上的铃铛响着；“欢迎光临”，恰巧经过的女侍说。是个女人，我对穿着摩登的女人会多看几眼。她四十出头，中等高度，身材保持很好。头发齐肩，烫成细卷，定型液喷得恰到好处。淡妆，长得秀丽而含威，一看就知道是固定上美容中心做脸、指压的，皮肤颇具光泽。她穿一件麻纱藕色短袖长西装，配黑色荷叶浪剪裁的丝质短裙，姿态雍容，就这么笔直地从门口往我这方向走来。我一面品尝肉酱面的香味，一面盯牢在她胸前晃动的一块镶钻翡翠坠子，心里估算那种水幽幽的绿法大概十来万跑不掉时，忽然见她在我左前方那桌停下。接着发生的事情，我非常不愿意再复习一遍。

那是张双人桌，背对我坐着一位魁梧的男子，四十五岁左右，穿浅棕色水洗丝衬衫，像是商界人士；坐在他对面的是个小姐，没看清楚长相，大概三十岁不到。跟所有的客人一样，他们正在用餐。那位端庄高雅的藕色女士走到桌旁，啥话也没说，打开宝特瓶——这时我才看到她拎了只汽水瓶，以迅雷速度高高地举起，朝那位小姐胡乱泼洒，黄色的液体四处喷落，那两人被泼得一头一脸，那位小姐尤其浑身湿透。当男人夺下宝特瓶，抓住藕色女士的左手腕时，她那只右手比训练有素的警犬还敏捷，“啪！啪！”左右两声，掴在那位正用餐巾擦拭衣服的小姐脸上。

“你这个妓女，你想刨我的底啊！”藕色女士扯开嗓门儿骂，“休想，我不会离婚！”

我呆住了，嘴里含着的面条顿时像一大绺老鼠尾巴般令人作呕，我随即吐在餐巾上。

男人铁青着脸，强行将藕色女士拉出门外。所有的眼光像舔血的苍蝇盯着那位年轻小姐，她失了魂般站在那儿，双手机械式搓弄桃红色针织上衣，牛仔裤上一大块湿印子。她低着头，飘逸的长发自肩膀垂下，也是水淋淋的。

是的，她长得很清秀，没经过什么大风浪的寻常人家女儿；青春仍在她身上闪耀着，所以还可以睁着水灵灵的眼睛钻入爱情国度宣读自己一字一句珍藏的海誓山盟。当我们逐步走入枯槁年岁，眼睛除了布满世俗血丝，已找不到无邪的水波；我们臃肿了，瘫在床上大口咀嚼肉体的滋味，讥笑宛如百灵鸟般在高空鸣唱的恋歌；我们也变成精算家，懂得追求情感里的“利润”。

而她不是。也许谈过一两次失败的恋爱，但在欲望面前，她绝不是恣意宽衣解带的玩家。像她这样的女子，说不定从校园时代开始便在月夜下私密地编织理想的情爱世界，她会这么想吧：好比在一棵有风有雨的面包树底下，两个人各骑一匹马，持方天大戟分道奔蹄；以戟画地，驰骋出自己的疆土。分开看，各有各的绮丽山川；合并看，明明是完整的两人世界。平日各自砌筑王国，黄昏时高呼，也知道回到大树下厮守；无限宽广，却又窄得没有空隙让奸细藏身。

她这么想，也就这么寻觅，睁着惺忪的眼睛走一趟世间，要找那个可以跟她天宽地阔又同命共体的伴侣。她没有想到自己会一脚踩入别人家的庭园。

一名女侍过来清理桌面，另一名擒着拖把、嘟着嘴拖地。年轻小姐如梦初醒，提起皮包正要离去。咖啡店的音乐照常播放，客人照常用餐，语声照常嘤嘤嗡嗡偶尔露出几声哼笑，众人的眼光像白刀子挑断年轻小姐的衣扣，剥光衣服，恣意强暴、讪笑。就在她往门口走的时候，那位发怒的藕色女士自门外冲进来，又是清脆的两巴掌甩在年轻小姐脸上，继而对追上来的男士厉声宣告：“你打我，我就打她；你逼我死，我一样要她死！”

这绝不是爱情。爱情里怎么可以有伤害、残破、仇恨、罪恶与污秽？如果爱情里有这些，寻觅它的人跟翻垃圾箱的饿鼠又有什么差别？

是的，藕色女士的宝特瓶里装的是尿。

比萨送来了。真后悔想起这些不愉快的浮生俗事，搞得自己一点胃口也没，勉强咬了几口，即塞入冰箱。沏了一壶花果茶，回到廊下时，野风吹翻手稿，有几页飘到木棉树下。

仰首从两棵木棉纠缠不清的枝条间望天，觉得天空是没办法修复的破镜，扔也扔不掉的；你照着，每一片碎面都忠实地现影，却无法拼出完整的你。

记忆也是如此吧。七年前，目睹那一出情爱荒谬剧，我想我一定潜入那位年轻女子的意识纤维，跟随她沉浮于那一笔千疮百孔的情债里，浮的时候以为快熬出头了，沉的时候如在炼狱。或者，换个角度看，也可以说那位陌生女子将她的痛苦植入我的脑里；当餐厅内的客人以观看免费工地透明秀的亢奋表情睥睨她，而她所付托的男子无法为她解围时，我不忍逃避地承接她当下的羞辱与痛楚。虽然，表面上看起来，坐在她附近的我，怎么看都是一脸懦弱相的。

存在于她与七年前的我之间的，或许可以称作意念的附身吧。我幻化成她，去体验她的无助与狼狈，去目睹原本纯洁如早春百合的爱，如何被粗暴的世间力量折断，弃置于污秽的阴沟内。藕色女士自然是有伤的，可以大锅大铲炒热她的伤，那男子也说得出一箩一筐的无奈，唯独她只能沉默，无处容身。

正因为心疼她走了艰险的路，七年前的我才会钻入她的运途，与她一起匍匐吧！难怪现在怎么回想都想不起那年夏天以后，关于我自己的生活内容。

离开那家咖啡店后，那位穿桃红针织衫的女子到哪里去了？像通俗剧一样哭泣、割腕、住院吗？还是洗了澡后睡一觉？她知道在浮世荒漠里，有个路过的陌生女子在刹那间对她心生怜惜吗？而这种怜惜，在她那宿命纠葛、俗世课业里，或许不会有人愿意给她。

我猜，当年一定差点在她的意识湍流里灭顶，因为接下来十多页的手稿内容不仅晦涩、错乱，而且低调得简直像临终遗言。不过，这一大段后来用红笔划掉了，显然当时自己也极度挣扎，不知如何收尾，才会搁笔让它变成“未完成稿”吧！

手稿的最后几页，涂涂改改地，能辨认的部分是这么写的。

5

我逼迫自己回想三小时以前的事。在这样枯寂的夜，如果生命要继续，就必须先把自己弄痛、弄麻了，才有气力往下走。

三小时以前，我从旅馆出走时，他刚睡着。我站在床前看他，那张脸曾经是我眼底唯一的风景；然而刹那间，我的体内仿佛充满浮冰，被遥远的冰河召唤着以至于颤动起来，有个声音在耳边说：不是他，走吧，不是他！

如果能够拨回时间，我情愿回到三小时以前替他消掉那几句话。人，能自欺下去也是一桩小幸福，怕就怕走了泰半的路却被拆穿，回不了头，也没力气走下去。

我原以为我与他可以在无人叨扰的精神世界里偕老，纯粹且静好，就这么神不知鬼不觉地把彼此的一生编织起来。我以为我已经完完整整地占据他的心、盈满他的记忆，如同他完完整整地缠绕在我的白昼与黑夜。只有如此，我才有方寸之地容身，站得稳稳的，继续跟现实战斗，无视周遭的嘲讽。

然而，三小时以前，他在我面前打开记忆锦箧。我从他缓缓叙述、语调忧伤的声音中，仿佛看见这只锦箧一直埋在瀑布湍流下的深渊，用水草捆着、石头压着；而他无数次潜入渊底，摩挲它、审视它，深情地追忆往日年华。他看着我，实则，通过我望向遥远的过去；他只是借着我的形体——一个女人的形体做支撑，让锁在记忆锦箧内的另一段恋情、另一名女子现影。像善乐的奥菲斯坐在旷野，对着任何一个路过的妇人或任何一棵枯树弹奏七弦琴，吟唱他历尽艰险自冥府带回亡妻，却在即将步入阳世时违反与冥王的约定，回头看了妻子一眼以至于永远失去妻子的悔恨。失妻的奥菲斯沉浸在自己的情涛内，路过的妇女只是路过的妇女，枯树也只是枯树，任凭他盯着它们百千遍，也是不相干的存在。

我才明白，现实里，那个时有争端的家是他泊靠的港；形而上，那只锦箧才是他藏身的秘所。我是什么？我是路过的妇人，是一棵无花无果的瘦树。

“你……你想她吗？”我存心这么问，也到了听真心话的时候。

“是。她是个让人难忘的女人，我永远没办法忘记她……”

此刻，如果他有梦中梦，是梦回南部的家躺在妻子身旁而后安心地梦见难忘的情人吧！被摒弃在梦之外，我把自己拎到这荒郊野外来，觉得心被极地的冰岩封住了，仿佛有块墨在我的脑中磨开，黑汪汪的一池，浸污了我曾经信仰的雪白……

6

“未完”，文稿的最后一页标示着。

阅读这样的旧稿，真像死了几十年后，魂魄飘回葬岗，给自己的枯骨残骸做考古研究，时间不对，心境也不对。然而，既然发现它，又不能假装没这回事，“未完”的意思就是不管好坏，等你给它一个结论。

我想，最擅长抽丝剥茧的人也没办法给人生一个结论吧！遇合之人、离散之事，同时是因也同时是果；人在其间走走停停，做个认真的旅行者罢了。把此地收获的好种子携至彼地播植，再把彼地的好阳光剪几尺带在身边，要是走到天昏地暗的城镇，把那亮光舍了出去，如此而已。

当然，文章还是得收尾的。阳光被黄昏收走了，我信步走到木棉树下，拾几朵完好的花打算放在陶盘里欣赏，顺便推敲文章的收法。

也许，把这篇未完成稿定为《雪夜日出》，今晚就潜回七年前，带回那名在浮世红尘里寻觅完整的爱的年轻女子，及搁浅在她的意识流域内的我自己。

结尾就这么写吧：

“我知道穿过这座坟茔山峦就能看见回家的路，闪闪烁烁的不管是春天的草萤还是冥域鬼眼，至少回家之路不是漆黑。我也知道冰雪已在我体内积累，封锁原本百合盛放的原野，囚禁了季节。

“我知道离日出的时间还很遥远，但这世间总有一次日出是为我而跃升的吧，因为不愿错过，这雪夜再怎么冷，我也必须现在就启程。”

想象我们躺在暖暖的海洋里

按照预产期，“摇钱树”应该是双子座的，但他有意见了，不出来就是不出来。（最后一周产检时，医生看着我那增加了二十二公斤的“大霸尖山”，以坚定的口吻说：“绝对不会超过预产期，快了快了，就这两三天，我保证！”）

看过几千个肚子的医生，也有测不准的时候。毕竟，每个肚子自成小宇宙，小霸王们也各有各的律法。

那些把预产期记在日历本的朋友纷纷打电话：“有没有动静呀？是不是快了？开始痛了没？”

“痛你的头啦！”我说。

“大霸尖山”非常平静。

过了预产期一天、两天，还是没消息，我觉得我们“母子”需要恳谈一下：“你怪妈妈只顾写稿没带你去散步对不对？还是……你想过端午节、吃完粽子再出来？好好好，我们现在就去吃粽子，三个够不够？”

过了端午节，还是没动静。我安慰自己，预产期前后两周内出生都算正常。只不过，医生已预测小家伙约重三千五百克，若再“吃”十来天，那……那要怎么生呀！

我是“自然生产”信徒，除非医生判断有生命之虞，否则绝不剖腹。我对某些产妇以怕痛、择时辰及其他不相干理由而要求剖腹的做法很不赞同。生产一定是痛入筋骨的，然而这种痛也一定在人类能承受的范围内，否则，演化法则早就淘汰这种生产法，改在女人的腹部长一条纵向的“拉链式肌肉组织”，只要轻轻一拉，小婴儿即自行钻出，如坐法拉利敞篷跑车。而坊间所谓算命择时辰出生的更是无稽：其一，命数应在生命着床的那一刻决定，这时间无法更改；其二，若社会提供的大环境是恶质、贫瘠的，一个拥有“富贵双全”

之命的孩子能有什么发挥？况且，小生命若落入不尊重儿童成长权利、整日火暴争斗的父母手里，不需命理师，谁都能判定这孩子“歹命”——即使他的出生时辰经过精挑细选。

通过那一条黑暗、狭仄的信道，对母亲与婴儿而言都是惊天动地的。因为母子缘分与生命是这么难得，必须以巨大的痛来激活、铭记。只有痛才能表达喜悦的极限，才能攫住在幽幽夜空中飘荡了亿万年的那份“真实”。

再不生，有三路人马会发疯：婆家、娘家及媒婆兼小家伙的首席干爹林和，尤其林和，他紧张得只差没叫我们携带睡袋去医院门口露营，免得小孩在停车场出生。孩子爸爸向来沉稳，被他一鼓动，也心浮气躁起来，甚至思考要不要去住酒店，万一半夜有动静可以在五分钟内赶到医院；或者，去学怎么接生，万一我在车上肚子痛而正好碰到可怕的堵车。

“你自己看着办！”我用指头轻轻弹肚子，跟小家伙说，“选个不是半夜、不是假日、不堵车、不下雨、不停电、不是很多宝宝出生的日子，舒舒服服地出来见世面吧！”

这一天终于来临。

凌晨三点，我起来如厕，发现落红，紧张又兴奋地喊醒他：

"去医院，要生了！"即刻叫无线电出租车往位于东区的医院。天色仍暗，一路车辆稀少，偌大的都市像沉睡中的巨灵，平安、宁静，甚至散发出淡淡香味。他紧紧地握着我的手，我以手托住浑圆的肚子，时而拍拍它，在心里唱歌给小家伙听，以意念告诉他："要勇敢哟！今天是你的大日子！"

到了医院，直奔产房。里面空荡荡的，一位值班护士走来，我以权威的口吻告诉她："我要生了！"她要我躺上待产台做检查，很泄气地告诉我："早呢，只开一指不到！"接着是很多产妇经历过的：被赶回家！

"可是……可是……我……天这么暗……要是一回家又有状况……不能让我在这儿待产吗？……"这也是很多产妇经历过的。

又叫无线电出租车，回家。天色仍暗，这城市还在打鼾。

白跑一趟，我才想起肚子还没开始痛呢。平日看书看熟了，各种产兆都会背，没想到一紧张全给忘了，自觉十分泄气，回家后突然困得很，倒头便睡。他也跟着补眠，决定不去上班，看样子今天会有动静的。

早上十点钟，开始肚子痛，不久即把早餐吐出来。知道怎么回事，倒也不慌，按部就班，洗澡洗头，免得产后顶着一头油面。阵痛产生的过程颇奇特，似有一股移山倒海的力量在体内慢慢滑动：此处要有山，便成山；此处要有海，便成海。然而整个人已站不住了，一面躺在床上辗转反侧，一面聆赏麦斯基演奏巴赫大提琴奏鸣曲，追随和谐典丽的音乐，让音乐的力量导引身心，一寸寸舒缓下来，任由痛自行运转，形成规律，渐次密集，终至强悍。此时，我忘了所有，事件、细节、记忆、情绪，完全失去，只剩乐音，如微微山风吹过原野，吹拂生生不息的宇宙；只剩阵痛，如遥远山谷传来原始部落擂鼓的声音。

中午，吃不下任何东西，我要他去买一瓶鸡精[1]，这一战需要体力，必须补充营养。午后，我告诉他（仍然有点心虚）："好像应该去医院了！"他看了看天色，怕太早去又被赶回来，提议："等下过大雨再去！"初夏天空每日产一枚大雷，阵雨滂沱。

我说："该去了！万一来不及……"

[1] 台湾一种滋补品。

叫出租车奔赴医院，天空宛若大军压境，是快下雨了。这回，护士没赶人，的确是“状况很明显”了。她们说，头胎有这种速度，算是“很优秀”的。

躺在产台上，痛已达到欲崩欲裂阶段，监测器测量胎儿状况，小家伙的心音如迫不及待的雷鸣。这一战开始了，我在心里喊他：“妈妈在这里，我们一起打这一战！”

孩子的爸爸已电告诸亲，并请他们不必赶来医院。窄小的待产室仅以布幔隔住，前后无人，但远处那间应有人待产，不时传来尖叫、哀吼、怒斥、咆哮，我不得不借用这么啰唆的形容词描述她的哭喊，那声音于平日听来已十分刺耳，更何况我也身陷“产境”，听来如万箭齐发。才发觉自己不会叫，一波波的痛袭来，顶多大口呼气，啊哟两声。也许一向情感压缩惯了，不擅尖声发泄吧！

他搬把椅子坐在台边，除了帮我擦汗、扇热，一面注意监测器上的变化，一面看书。

我问他：“看什么——书呀？”力气似乎持续减弱。

“就……那本书嘛！”他说。

一本写给男人看的书：《伴她生产》，郑丞杰医师著。

买来大半年，他都没看，这节骨眼儿才临时抱佛脚。

问他：“现在看有什么用？”

他的说法也很有道理：“知道你会碰到什么状况，我比较放心！”

这么说，我得控制速度，要是我一咕噜生好了，他就不必看书，那岂不白买了。主治医师来过，他认为照这种优秀运动员式的速度看，傍晚五六点钟就会生。此时，离我进医院已两个钟头，心想再忍一个多钟头即可结束，气力立刻攀升。母亲带着八岁的小侄女来，她们掀开布幔进来时，我正面临一波痛潮，看见她时，下意识觉得这张熟悉的脸好苍老，仿佛自小在上面跑跑跳跳的山丘、田野，怎么一下子荒起来。她一定看见我那因痛而涨红、扭曲的脸才露出焦虑神情，却使我不忍起来。

“阿母，你回去……”我有气无力地说。

外面下好大的雨，小侄女叽叽喳喳地说。适才，她一进来就问：“大姑姑，你怎么了？”声音透着惊慌、害怕。我提起精神回答：“我在生小孩，会痛！”她才稍为放心。

母亲与小侄女被我赶出去，到产房外等候。看见她，让我分外难受。母亲再怎么疼惜女儿，也无法代替她承受生育的苦痛与风险。好似半空中有一条名为“母亲”的轨链，三十五年前，她借由自轨链垂下的一缕丝绳，挺着大肚子向上爬，生了我，成为轨链上的一员。如今，她坐在轨链上，看她的女儿也挺着浑圆大腹扯住一缕丝绳在空中左右晃动，上不去下不来，必然心急如焚。赶她出去，就是要她掩耳捂脸，不看不听，万一——我掉下去了，那景象才不会映入母亲的眼睛。

十分钟不到，母亲又进来，一声声喊我的乳名，如同小时候向黄昏四野喊我回家般，脸上更是一堆愁容。

“耐也按呢？这么难生！医生不是说快生了吗？耐也一直开四指？我看去开刀好啦！”她喃喃自语，慌乱起来。他站在一旁，也是脸色黯淡、表情严肃。护士教了我几招“用力”技巧，我照着做，她却说我“用错力”了，压力无法往下，反倒把脸弄得绞毛巾似的。时间已过六点，最后这一阶段的产程陷入苦战，肚子还挺得高高的，表示胎儿根本还没往下降。催生针打了，羊水也被护士戳破了，胎儿还是下不来。

痛，一次比一次强悍，仍旧没看见胎头。

母亲匆忙出去，她说去打电话，请阿嬷再向神明、祖宗祈求，保佑我平安生产。

“生得过，麻油香；生不过，四块板。”这句民间俚语忽然蹿入脑海。在贫困年代，生产确是玩命之事，谁也无法保证母子安然度过。即使到了现代，医学力量监控整个孕期、产程，然而难产仍时有所闻。身边的朋友已出现两例，都是母子死在产台上。产房外的爸爸，原本满心欢喜等着拥抱妻子、婴儿，却被告知得准备一大一小的棺材……

人间苦，莫过于此。叫这遭逢霹雳的丈夫如何活下来！如何活下来！

看着他，我心乱如麻。痛楚夹杂恐惧已达昏厥边缘，稍为清醒时刻，我看着他那不知所措的神情，极度不忍起来。心想，若我过不了这关，他如何受得住重击？我们相识不满一年，也尚未过结婚周年庆呢，如果我走了，那么上天未免对他太残酷。而一落地就失去母亲的孩子，一生暖得起来吗？

不可以！我在心里喊，绝对不可以！

仿佛看见娘家公寓里，几近失明的八十多岁老阿嬷，拄杖从卧室慢慢走到客厅，拉开神案抽屉，数了几炷清香，点燃，为我虔诚地向天公、神明、祖先祈求。从小，每逢家人遭遇艰困或深陷于生死攸关之处，她便持香磕拜，向神乞求、许愿、申诉，盼望两字“平安”。我几乎可以听见她那低沉、急切且透着哀求意味的声音，重复呼唤我的乳名，生怕神没听清楚似的。最后，她会许诺，若让她的孙女顺利生产，母子平安，届时出院回家一定亲自抱着婴儿二跪三拜，叩谢天恩。

在盆地南方边缘，我也仿佛看见七十多岁的公公、婆婆，为我默默祷告。愿上帝的恩惠及于他们的媳妇与孙子身上。

家就是一堵墙吧！朋友总是后来才赶到，家人则一直守在现场。

每当子宫强烈收缩，痛，如撕肉裂骨。奇怪的是，我似乎产生最大的包容力，适应了那痛。我让自己静下来，全心全意喊我的小婴儿——他被困在一只出口太小的坚韧皮囊里，冲撞不出。

我对他说：“儿子，想象我们躺在夏日暖暖的海洋里。妈妈牵着你，无须挣扎，跟随自然律动，让海水轻轻摇晃我们的身体，忽左忽右，望着天空流云，以及路过的鸥鸟。

“想象观世音菩萨，称诵她的法号如呼唤一位老邻居。

想象她的眉，一弯新月映入湖中，又有一弯。想象观世音菩萨的眼，万顷悲欢尽收眼底。想象她手中的杨枝，柔柔软软，拂过妈妈与你的身体。

“我们一定要见面，儿子！一定要见一面！”

母亲与小侄女把护士们弄得快烦死了。我一痛，小侄女拔腿就去叫护士，大呼小叫的，仿佛什么紧急事件，护士不来巡一下也不行。到后来，护士开始用较不客气的语气怪我“不会用力才生不出来”。母亲则三番两次央求她们赶快叫医生帮我剖腹，她以生过五个小孩的资深产妇口吻“提醒”她们：“我女儿年纪也不小了，生不出来就给她剖腹嘛，你们一直要她自己生，生这么久了还在生，万一有什么问题来不及……”

说不定就是靠她俩的缠功，护士才速速“解决”我这个“不争气”的产妇。

大约七点钟，我被推入真正布满刀光剑影的“产房”，住院医师加上护士，四五个人走来走去，各忙各的，不时传来机械器具的声音，宛如身在厨房。扩音喇叭播放ICRT节目，轻快的英文歌。住院男医师正与另一人讨论跳槽之事，两人很热烈地比较待遇、福利及升迁管道。无人理我，没有任何一只蚊子过来向我说明接着打算怎么做，当然，更不会有安慰、鼓舞的话语。

沮丧及无助笼罩着我。背脊痛起来，像有人在上面磨刀，正手反拍，磨个不停。我心想，如果平安度过，我与儿子不过是这医院每日顺产记录表上的一个名字；若有不测，也是合理的、控制得宜的意外百分比内的数字。医护人员每日穿梭于生死事件之间，速度如同眨眼，躺在床上的病人（或产妇）早已被数据化、物化。病患面临沮丧与无助时，希冀从他们身上获得一丝慰藉，恐怕是奢求啊！

我感到非常非常累。盹，像一只毛毛虫爬上我的身体；可是又感觉焦躁、亢奋情绪交互出现，强烈地撞击出“要把儿子生下来”的念头。旋即，我被自己的求生意志激怒起来，似最高统帅亲自指挥三军般，迅速动员、整顿士气——每当人生陷入低潮、困境，这股不服输、不肯输的气概便会出现，混杂愤怒、深仇、嗔恨情绪，强度升高，终至复仇的暴力边缘。

我准备好了，即将引爆。

主治医师进来。一位实习护士要我一痛就用力并呼叫——

这信号要给住院医师，他已站在我的“大霸尖山”旁，伸出孔武有力的两条手臂，准备在子宫收缩高峰时用力把小家伙像“擀面”一样擀出来。

一次！两次！

第三次，剧痛如疯狗浪袭而来，我吸气、咬牙屏息，两手紧抓产台两侧护栏，上身拱起，将所有气力孤注一掷向腹部压去，住院医师伸臂擀腹，主治医师以“真空吸引法”呼应，当三股力量汇聚的刹那，我感到肉体崩裂飞散，但那不恐怖，至痛反轻，只像跌入盛放的玫瑰园，被花刺蜇身。三股力量消退，我接着觉得——仿佛只剩最后一线神经侦测而得，自己变轻了，像一片从暮秋树林飘出来的枯叶，在风里打转，飘回宜兰家乡的冬山河上，穿过老厝、水鸭、炊烟，又缓慢地飘向阴阴暗暗的山谷，风吹拂，冷冷的幽谷。

突然，啼哭！听到远处传来婴儿啼哭，锐细的音波窜入外耳道、耳咽管，来回撞击、振荡，形成箭，传输至即将捻熄最后一盏灯的大脑判读：是婴儿没错，不在远处，近在咫尺！

那箭完完整整射中我的心！

是的，我当妈妈了！

宇宙重新亮起来，星子们又窃窃私语，像每一个寻常日子。

“很好，出来了！”主治医师的声音。他接着为我缝合伤口，此起彼落的器械声音。所有的痛楚与疲惫消失得干干净净。

“儿子！嘿，儿子！欢迎你来！”我说。

一位护士抱他在远处不知做什么（许是量身高、体重及清洗），我偏着头看，不断在心里喊他。不知是否每位灵长类母亲都会在胎儿脱离母体时立即激活保护系统？适才，我甚至浮现护士会把小孩抱走的恐慌思绪，遂一直盯着，生怕他离开我的视线。

没多久，护士抱他过来。粉红包巾裹得紧紧的，只露出小脸蛋。我看着小家伙，笑起来，讲了一句事后觉得不够强而有力当时却是出自肺腑的话：

“好可爱啊！”

重三千七百七十克，身长五十四厘米，头围三十六点五厘米——就是这颗大头，使我生得飞天坠地、眼冒金星。

孩子爸爸说，当我承受剧痛时似乎陷入半昏迷半清醒状态，我握着他的手，以交代遗言的口吻说：

“万一出了什么事，你要记得，我爱你！”

【密语之五】

“你要走了吗？”我问。

在我面前，是另一个我，她赤脚，坐在一口旧皮箱上，眼睛望向远方。

“也许……我们……可以谈一谈……”我试着挽留。

“有什么好谈？”她说。声音冷冷的，吐出的每一个字都像冰块。

“因为，”我索性坐下来，与她面对面，“我做母亲了，所以你要走，是吗？”

夏日雷雨总在午后落下，兵马杂沓似的，震动每一堵砖墙与旧窗。听这滂沱大雨让我感到安静，愈大的雨愈能营造私密空间感，只有自己躲着，纯然、和谐，任何人也进不来。在小小的密雨暗室里，恢复本来面目，自己与自己对话，陷入沉思。

思索一生能有多少追寻？一双脚能丈量多少面积的江湖？讨价还价之后，挽着胳膊的那人是否能走到白头偕老？捏在手里的几两梦，是否会被现实这条恶犬叼走？

一生多么短，可又迢遥得让人心乱。

我从不认为有一天我会变成所谓的“贤妻良母”——这四个字在现代女性的梦想版图与自我实践意层上，似乎已是落伍行业，尤有甚者，象征受残余旧势力摆布、不思蝉蜕的可怜女人。事实上，过去的我也对“家庭主妇”没什么好感，总认为那是被奴役、受宰制，活在男人鼻息下的次等女人。单身，才是彻底摆脱“家庭主妇”阴影的法子，我想。

虽说向往真爱，不一定必须导入婚姻；然而，不愿意（或不可能）导入婚姻或类似婚姻之固定关系的两个人，常常酿不出真爱。吊诡，却十分公平。

华丽的飘荡，大约就是大部分情侣的状态吧！

真爱，对我及同年龄层的半新半旧人类而言，仍具有强大吸引力。我们厕身在流行集体华丽飘荡的情爱族群里，常常觉得乏味，遂想起母亲或老祖母那一代的动人爱情。他们的脚后跟都系着大磐石，一辈子只爱一个人，苦也给他，欢也给他，手里捧着的那碗婚姻饭，虽是萝卜干配地瓜签，却有情有义。

对他们而言，爱情不是神话，是生活；不是横征暴敛，是惜福与修行；不是酬神庙会，是月圆月缺永不质疑的信仰。

就这样，两个人驾着一条破船，在人生这场恶浪里同枕共眠、生死与共。从年轻夫妇走到老夫老妻，终于风平浪静了，整个世界又只剩彼此。突然有一天，老伴走了，另一个老人号啕大哭，第七日，也走了。人都说，头七是灵魂回家之日，特地回来把老伴带走，黄泉路上手挽着手，又是一对恋人。

只有老祖母那一代，才看得到双穴墓园里立了大理石小碑，一行金沙字这么写："爱永不渝，至永恒的一对。"

为什么在我们眼里顽固、迂腐的那一辈，竟敢在爱情与婚姻里发下"永远"的誓言？

或许是真爱的力量吧，使人看到神才看得见的风景。

而我们这一辈夹在新旧暧昧地带的人，对自我生命的规划与期许比前人精明、老练多了。事业，毫无疑问在生涯版图上占最大位置；不只要有一份差事，借以证明工作能力、追求经济独立、编织人际网络，更冀望精进，成为那一行少数几个风云人物之一。

这些，必须付大笔代价。即使到了名为多元开放、两性平权的现代，一个期许在事业上头角峥嵘的女性也是四面楚歌的；她必须跟自己战、跟女性战、跟男性战，还得跟不时飘入脑海、想要耕耘一段真爱的念头战。

于是，我们这一辈女人忙碌起来。年纪轻轻即结婚的，纷纷半途离婚卷起袖子打拼事业，把自己的名字拭得亮晶晶的，她们宣称婚姻不过是一副手铐脚镣，而所谓“真爱”，当你遇到不长进的男人时，你会发现“真爱”就是笨驴子面前的那根塑料胡萝卜。

情爱潮流前卫起来，狩猎者与狙击手在午夜酒吧艳遇。关心的不是对方的心情与故事，可能是，避孕方式。

而在另一边，年纪轻轻即跳入事业瀚海从基层做起的，凭着刻苦耐劳与实力，大部分在公司已坐上豪华型皮椅，拥有停车位、一名助理；当然，也在郊区买了房子，虽然得分期付款，但一年出国度假两次也还绰绰有余。

缺的，是一份爱，一个愿意喊停、把她从集体飘荡状态抱下来的人，对她说：“我们踏踏实实造个家，好吗？”

于是，情爱潮流倾向新古典主义，两情相悦且能白首偕老是最高境界。我们这一辈女人不仅忙也够乱，不知该跟随哪一波潮流？前卫狂野、古典浪漫，都令人心动，也一般困难。

于是，折中办法是把爱情留在非婚姻状态，采间歇性同居，保持既交集又独立、既缠绵又自由的关系。如此，女性才能兼蓄事业与爱情；不扛婚姻重壳，却吃到真髓。

遗憾的是，这种办法看起来理想做起来却捉襟见肘。欲望是没道理的，大多数女人最大的性欲是绝对地占有一个男人。她可以接受情欲工读生、易开罐情人，但她无法忍受“钟点丈夫”。

“家”，是必须在具有“强制执行”效力下才能发光发热的一个字。如此，不得不碰到法律，归结至婚姻，纳入世俗社会的伦理架构。

为什么女人对“家”（或延伸言之：一种稳定关系）的渴望胜于男人？一切都可归诸演化律则吧！如果，某一物种不肯安定下来传承生命，必然要承担高度的灭绝风险；人类从七百多万年前忍受骨骼酸痛奋力站起，改以两足行走的那一天始，即深谙竞争与繁殖的重要性及技巧。而与其把衍育工程交给到处闯祸的男人，倒不如交给较细心、耐心、爱心的女人稳当。当然，我们也可以不服气地抗议，把育儿工程交给女性是一种阴谋，让女性丧失征战能力，囚在小壳子里发霉、发呆，若倒回远古太初，将衍育之事交给男性，他们也会乖乖学会这些技巧，并视之为“天经地义”的。

话可以这么说，但仍有难以解决的部分，譬如“奶水”在女人身上，着实难以想象一个出去打猎的女人，正与野兽搏斗时却因胀奶问题不得不暂时休息到旁边解决的情景；更难想象在洞穴里照顾婴儿的男人，抱着饿得大哭的小婴儿匆匆跑出来却呆站在那儿的画面，因为眼前有三座高山，他不知道“母奶”在哪一座山上。

还是让男人去打野兽吧！要是天黑了，没带肉回来，女人就大声骂他吧！

打野兽的人不见得看得到明天的太阳，所以男人必须迅速且确实地把自己的基因传递下去，他是播种者，不是园丁。

而每个女人身上都有一只“繁衍闹钟”，时间到了，嘀嘀嘟嘟响，她得出去找个伴，造个家，生个小孩。

在现代，虽然有爱情不一定要婚姻，有婚姻不见得要小孩，自由选项，但“繁衍闹钟”内化到对“爱”与“家”的向往则是不变的。没了秒针，分针与时针仍在呀！

那些完全丢掉“闹钟”的人才是真自由，有条件成为情爱王国的皇帝。只有不碰法律约束、不碰道德规范、不碰繁衍命题的人才有本事吃遍满汉全席吧！

虽然天生不是玩家，但我以为自己是少数身上没有“繁衍闹钟”的人。

也许在梦与清醒的边界，曾经渴慕过真爱、幻想过婴儿，但在灿亮的大白心昼里，脑海里波涛汹涌的是工作、事业以及更多的事业、工作。

三十四岁那年春天，我感到莫名的疲倦与忧伤，开始逐项整理自己的生活，很多事物、情感、期盼丢掉了，剩下的几项拼起来就是一个前中年期不婚女子的生活图像。我认认真真地规划下半生，非常务实地盘算如何能拥有优质的中老年时光，免得老时变成贫病交迫、孤单寂寞、脾气又臭又硬的狼狈老太婆。我找寿险顾问时，已经非常确定自己不会结婚了。买了保险之后半年内，我不仅结婚也怀孕了。

人生能规划吗？能。但你也得搬把小板凳摆一旁，让“意外之神”坐坐。

承接生命中的意外之喜容易，接下后放入生活则需努力，如同故事起头起得好，也得往下都见锦绣才行。我的人生规划又得重来，等于才盖好楼房又要拆屋，那种混杂欢喜、惊惧的情绪，就像听到散步回来的“老神”张大眼睛说：“你看看你，谁说盖摩天大楼的呀？我要苏州庭园！去去去，拆了拆了，你现在就给我重盖，别忘了花园里加个亭子什么的！”（谁说你不结婚呀！去去去，现在就去给我结婚生小孩。）

好在明白自己的属性有明亮的一面，单身时就把一个人的生活过得风姿绰约，结了婚也可以把婚姻捏得有模有样。太急于将自己塞入制度与激烈反制度都是不必要的，人才是一切问题的关键与解答，碰对了人，天时地利人和；人不对，似磨坊里的驴子，日夜转，还是走不到出口。

然而，挣扎还是有的。

像我们这一辈在事业上已有些眉目的人，要毅然搁下工作回家褓抱幼婴是必须经过天人交战的；事业与孩子都重要，也都难舍。

一个借由工作建立自信、展现生命丰采的女人，若断了她的事业线，等于取她性命，失去显露自我魅力的能力与机会，她不会快乐，没多久就出现“困兽”的焦躁与怨怼。反过来，把初生婴儿交给保姆抚育，她也难以抹除心中那一丝歉意，母亲难道不应该亲手抱大自己的小孩吗？

我知道我会留下来亲自褓抱，像我祖母、母亲那一代般。但是，创作事业受阻的心绪仍需靠自己化解。

问题的症结在于过去我从未将婚姻、养育子女视为自我实现的一部分，以至于不能兼容。或许，这也是一种偏差的价值观，认为婚姻、子女不应成为现代女性自诩的项目。现在，上天给了我一个机会，去发现过去我视为荒芜之地所藏的珍宝。

做一个“全女人”，接下不早不晚恰到时候来临的“母亲”职务。小生命，难道不像一家刚创立的公司吗？我想我正好可以拿出以往的创业精神与毅力，为我及儿子的生命资产做出一点业绩。

生命实现是自己的事情，加个项目，只会使它更丰饶才对啊！

所以，在夏日雷雨落下的午后，我看着另一个我——怀抱事业野心的她坐在旧皮箱上望向茫茫雨景，她打算离开。

“留下来吧！”我说，“没有你，我不会快乐。同样，一生中缺乏做母亲的体验或者生了孩子却未尽母亲责任，不管事业多风光，将来回想起来也会遗憾！鱼与飞鸟虽不能共同筑巢，但可以共赏天光云影，永远相恋的啊！”

那一天起，我以“母亲”的眼光看世界，及自己的人生。

泪

喜悦是从推出产房的那一刻开始。母亲、孩子爸爸及家人像蜂群般扑上来，明明才分别一小时，却似久别重逢。语声嘈杂，听来让人安心，世间仍在！世间仍在！

母亲喂我吃猪肝汤，护士讲解产后注意事项，随后推入普通病房。时近子夜，家人才走，接着好友林和教授及阿博来探，不免又把“汤姆历险记”讲一遍。

当晚意外地失眠了，身体疲软，精神却饱满、明亮像十六日之月。

孩子爸爸在旁边躺椅睡着。房内小灯晕黄，邻床也歇了，一室安静，只有我醒着。

醒着，不免会想。思绪柔柔软软从童年、少女时代拂至今日，此时躺在床上，如船难坠海被巨浪卷上沙滩，阳光一寸寸吻醒脚踝、手臂、唇与眼，醒来乍见晴朗天空一般。

看他睡得那么稳，想必在婴儿室的小家伙也睡得香香的吧！

因着这人生中难得的幸福时刻，我，流下眼泪。

你的名字里有追寻的力量

婴儿箱旁高架上摆置着复杂的仪器，监测小家伙的心肺功能、血氧浓度。医师解释了可能性，脑部问题或肺压过高导致喂食困难。前者已排除，大约只是肺压高了点才这样，继续观察。

公婆每天顶着大太阳来医院，老人家一定忧心如焚，反倒极力劝慰我不要操心，伤了身体不好。

奶水已分泌，初乳最能增强宝宝的免疫力，我忍着胀痛与酸刺之感，一点一滴挤出，用“挤奶袋”装好，拿到观察室请护士代喂。由于小家伙出现黄疸，且渐渐升高，护士建议暂时先不喂，我同意，但仍然一日挤几遍奶水，烦请观察室帮我冰藏。每只小袋子上都注明小家伙的床号及我的名字，出院时带了近十袋“母奶冰棍”回家，煞是奇观。

虽无法喂母奶，我仍希望亲自喂他牛奶，每天若能抱抱他，对他说说话，对母子的身心都有滋润作用，护士同意。住在观察室的宝宝不像住婴儿室的，每名初生儿身上或因感染、发烧、黄疸、心肺功能异常……种种原因而纠缠一堆线路，以便仪器显示他们的状况。因此，大部分妈妈不会来喂奶，探视时间也受到限制。我配合小家伙，多住了几日医院，没事就在观察室盘旋。

室内有一小房间专供喂奶，布置虽精简，倒也像个小客厅，不似冰冰冷冷的医院。我抱着小家伙与他说话，鼓舞他，赞美他是最最勇敢的乖孩子。他吃奶的速度、分量渐有进步，出生第三日每时喝三四十毫升，第四日增至六七十毫升。不过，排气问题仍深深困扰我，每次喂完奶为他拍背排气，总要拍到手酸、深恐拍出瘀血了，这家伙才慢吞吞“呃”的一声打嗝，小嘴巴馋馋地咂巴几下，眼睛似张又闭，打个哈欠，心满意足地又要睡了。

“嘿，告诉你一个秘密要不要听？”我解开贝壳形的小手套，轻轻揉他的小手，“今天爸爸去帮你办户口、健保，你知道你叫什么名字吗？”

才发现小家伙两手手背上各有一枚淡青色椭圆形胎记，像浩瀚星空中某两个星球的倒影。“你叫姚远。”我说，“既是纪念也是祝福，因为爸爸妈妈走了遥远的路才找到彼此，所以对你的爱没有边界。有一天你会了解，你的名字里有追寻的力量，那就是我们最想给你的祝福。不过，现在你得加把劲，快快好起来，跟爸爸妈妈一起回家！”

是的，“回家”！好简单的动词，几乎成了每日口头禅。路虽不同，但这两个字已挂在每个人舌尖，天黑了，各自回家。

然而，有的小婴儿来到世上，没回过家又走了，一辈子如蜉蝣，两边都无家。朋友的第一个女儿提早一个月出世，在加护病房住了几十天后走了，新科爸妈才上榜又被除名，但还是忍着悲伤替女儿订弥月蛋糕，答谢馈赠金锁片、金手链的亲友们。

夫妻俩向医院要回小孩穿过的衣服、手套、脚套，摆在卧室里那架布置得温馨、舒适的婴儿床上。睡时，扭开旋转音乐铃，掉出一串轻柔的音符，好像心肝宝贝回来了，正躺在床上香香地入睡。夫妻俩默然沉醉又窸窸窣窣掉眼泪，伤心的妈妈哭起来：“我们的房间没有奶味！”

在报上看到那家人的遭遇，像目睹翠绿新苗被巨轮碾轧。离预产期只剩一个月，怀着双胞胎女儿的准妈妈因妊娠并发症提早生产，噩运似毒蜘蛛在母女三人身上结网，较大的女儿一出生就没了，二女儿与妈妈变成植物人。

一夜之间什么都垮了。噩神连杀手都不如，杀手明快多了，一枪一弹解决。噩神有的是时间，喜欢慢慢折磨一个想做妈妈的女人，凌迟一个婴儿。

只剩做丈夫的，“回家”变成到专门照顾植物人的疗养所探视妻子、女儿，替太太擦干不停流淌的口水，为枯瘦如柴的女儿拍背……心酸之后还得打起精神工作，他得“养家”！

活在这世上，亲情如锯如刀啊！

小家伙是幸运的，第六天，医生准我们回家。

孩子爸爸至观察室办出院手续，母亲跟着去抱小家伙，我坐在外面沙发上等。观察室旁是儿科加护病房，对面是小儿科病房，不时听到孩子因病痛而尖声哭泣的声音，听在初为人母的我耳里，每一声皆如刀割。

我在心里祷告：“让每个小宝贝回家吧！让他们平安，让他们有机会——长大！”

第四章

夜的独白

春之积雪

三月，适合缓步。

年年岁岁，杜鹃把春天开成花的河流；岁岁年年，一段心境。

去年，天天兴奋盼花开，雀跃得像个孩子，搅不清是杜鹃发疯，还是自己发疯？

今年，晃着两条短辫子，到处照相，相簿上还题了字："为了满城耀目的杜鹃，我情愿伤眼！"

去年，花落也是美。到处说自己预约了下一代杜鹃的疯狂，深信花季之遗传。

今年，依旧是热烈欲燃的花流；依旧把人们多水的眸子导成千万条汩汩的支流。只是，去年，露宿春河，今年，不在水湄。

许是三月的路太长，便把带愁点的心情愈走愈长。春阳底下，竟停泊在忧郁的海湾。

许久以来，已习惯在心口加一道密封，把苦痛锁住。只让快乐去漫流，只让微笑去感染，让温馨去散布，何必让苦痛去泛滥！这已是习惯。密封，虽闻不出是悲是哀，心底留有多少发酵的酸，自己仍然清楚。于是，散步成为必要，散一个长长的步；暂掀一缝，让苦汁慢慢漏尽。

而今天，竟有些不能。

偶然抬头，不远处有一棵树。模糊的眼中，叠叠的洁白。不由自主地走向它，原来是流苏。

轻轻拉下一小根枝丫，淡淡的芬芳便流出。让花之细瓣溜醒手背的触觉，竟有着初露的沁凉，好一树密密的小白花啊！突然，我感到惊讶，不可思议地退后几步看它，我吓住了，怎的一棵积雪的树啊！

是春流未曾灌溉，让这一方泥土仍在冬眠？或是树的体温太低，硬把春雨冷成点点的雪花？竟有积雪的可能，在喧哗的春之舞台一旁。

何尝不是我自己。春流的澎湃，淹没不了岸边的我，步步单音。

坐在石头上，默默凝视，它的露眼中有我清瘦的单人照；我驻水的眸里，印着它朵朵的云白。仿佛天地间，唯一不属于春天的，一棵是流苏，一个是我。

轻轻有风吹来，稀稀疏疏一阵花落如飘雪。路面春水未干，托出点点的白影。有风轻轻而来，有雪纷纷而下，我凝视着。

仿佛，每一朵花雪都只是暂栖枝臂，而不是冰在叶层。仿佛，细细有声音在说，何必把今天的雪留给明天的风！似乎，我已把日日的寒，留成三尺冰冻。不自觉间，便让寒冰把暖春逼成薄霜。是我错过了春旅，并非春天遗忘了我。

学学流苏的潇洒，将那一处缝大大撕开，把所有的赐给今天的太阳，让它轻飞，化成一条清溪，风中流去。春之队伍正长，不要错过宿头。

三月，适合缓步。

三月，仍是春天。

花之三叠

一叠——天堂鸟

天堂鸟是花中动物，它其实不是花，乃是因为某个特殊且不可原谅的理由，被造物者罚为一只不能飞的鸟，禁锢于花族之中。

世世代代，天堂鸟想飞；世世代代，天堂鸟不能飞。

每次经过水源市场，我总会瞧瞧门口的花摊。如果花色多的话，总也忍不住去赞赏一番。每次，忍不住要留意天堂鸟，像是担心一个被软禁的朋友一般。

当看到塑料水桶里插着一把直挺挺的天堂鸟，心里会有一股偶遇的安慰；可是看到一枝枝花苞被包裹在薄薄的白纸里，又禁不住有丝丝怜意。修长的条叶多像一根根的栅栏，圈住了张翅欲飞的身姿。那层薄纸是人间加上的一道符，为了要遮冷一双渴望的眼睛，免得在运往花市的半路上，自滚滚红尘的绳捆中奋然挣去。我想起遛鸟。

有时觉得，万物的身影之中，多有造物者戏谑作弄的笔触。如天堂鸟，第一次遇见它，就晓得这是只谪居的鸟。无法从它那儿听到啼春的欢悦，听到唤偶的急切，听到伤秋的泣泣诉诉。只是一次又一次，被罚去展翅，去振翼，向着天堂的方向，一次次飞落。

多长又多远的谪放，人间竟也有如此的重罚。

当天堂鸟敛起它薄紫的羽毛，摘下橙红桂冠，静栖于高挺的枝托时，一生的练习便算结束。终于，天堂鸟飞离了栅栏，飞开了花枝，如它的心愿，在一阵风中。

天堂之路，仍旧让每朵天堂鸟去努力地说。

二叠——含羞草

你总是用那么敏感的心来回答我的探访。

当你低垂着身躯，近乎是叩地下拜——仿佛这是你唯一懂得的礼节。我不忍再让你知道我的来访。

春殿之中，为何你独独在冷宫？

百年前，是否你也是细裁合欢扇的美婕妤？绽不完的笑容，溢不尽的恩宠，款款是你轻点的舞姿，是你翩翩的倩影。箫笙吹断水云间，凤阁醉饮不歇夜，万里烟箩只为博你一笑。日日春殿怨春冷，我想象你娇嗔的樱桃嘴。

是否年老也是必须？色衰而爱弛，人间自来不许美人见白发。你蓦然回首，乍见一朵初绽的桃花正舞在你昔日的枝头。日日，你步步向长门；夜夜，寂寂是年老的声音。

春殿之中，独独你在冷宫。

我来屈膝寻找你。长门是太长又太狭，好不容易自横冲直撞的杂草之中发现你谪居之处。你正默默从众草的缝隙中晾你那御赐的旧绿衫。我已经无法想象，曾经你也有粉黛年华。轻轻地，我拂去你脸上的泪珠——自从那串珍珠被你退回，你那不欲梳洗的脸庞上就凝挂了点点珠泪，比御赐的还多还亮。我只是路过，顺便问候你，无意撩你的伤心往事。你何必那么羞怯又惶恐，急急披戴那御赐的绿纱裳，敛袂对我叩头而拜？

能说什么？

起来吧！我不是汉皇。

三叠——软枝黄蝉

传说后羿射下了九个太阳，没有人晓得那九个太阳哪里去了。

我猜测，大概统统陨落到地面上，触土成花了。

于是，有软枝黄蝉。

走过一条小巷，有家人的围墙上翻挂了油绿绿的一丛枝叶，开了半面墙的大黄花。我愣住了，前看后看一番，愈看愈像是一树小太阳。踮着脚想数数到底围墙内还有多少朵太阳。

朵朵鲜黄欲滴的小太阳躺在腴叶铺成的绿绒上，还猜得出当年的落姿。是合当落在如此软柔的叶毯上，否则岂能免于高坠后摔碎！后羿的箭刺，早被阳光用金线细细地缝合了。这该是后羿万万没想到的；真爱，毕竟没有距离，那天上唯一的太阳，亘古以来，仍旧温暖着他地面上的弟兄。黄蝉总是绽得那么大方、那么笑逐颜开，用愉快的表情和它天上的兄弟招呼话旧。

后羿死了千百年，他的弓与箭也化成了朽土一抔。而太古时候射下的九个太阳，却千百年来，在丰沃的土地上一朵朵地日出。

美之别号

相思树

相思树乃树中之温柔女子，是六朝梁简文帝笔下欹枕钗横的美女的肢体再现。只是横欹处不是软香的卧榻，而是深秋落叶、冷冷的风中。

曾经，相思树也像一首宫体诗：细腻的叶，如片片薄绿纱；伸展的枝，是乡泽微闻的玉手纤纤；小小黄花，是画堂南畔，君见犹怜的珠泪点点。曾经，日日夜夜与夏季缠绵。

秋了，季节敲着无奈、单调的跫音，也是日日夜夜。再也忍不住哆嗦，一片，一片，一片片地，叶都褪了。裸着的，是枯瘦贫血的枝条，像要攫抓着什么。黄花满地，是哭不完的年华老去的悲凄。岁月没有吩咐什么，只叫秋风拿一把密叉的扫帚，泼洒雨水，把落得满地的青春，匆匆刷洗。

最后一朵黄花，禁不住从高高的枝丫上飘了下来。暮色中，仿佛听到相思树一路的叹息：

…………

…………

呵!

…………

…………

拾我，如果你回来!

面包树

我喜欢面包树的阳刚、深沉，我喜欢它的忧郁。

上总图时，爱坐靠窗的座位，最爱的，是有面包树的那一排，我喜欢一口气推开半面墙的落地窗，把浓密的树影迎入眼眸。

有时，我不懂自己。为什么每次伫立面包树前就开始忧郁，开始陷入一种无法言喻的低潮之中——一种漫溢不止的孤单的潮汐之中？我无法分析自己，因为我从来没有与面包树有过深刻的生活经验。它不是我记忆画册上的树，对我而言，它是陌生的。但每一次，当我伫立，我与树之间就自然而然有一线情感的牵连。因为这个理由，我已不常去那排窗前读书。

然而，走过窗前的时候，我仍以眼神问候。

雨天其实最美，尤其是下午。天空是暗的，馆内更暗，眼睛早已离开书本，不动地凝着窗外厚密的树影。我喜欢它的朦胧，在雨中。面包树的美，在于它墨绿的大叶，以叠生的方式，叠出了一树的深沉与气魄。除了墨绿，树心部分是纯黑，外缘是免不了的厚黄，地面上则全无例外是干了的暗黄——似乎不到最后关头，绝不化泥死去，是否这也是气魄之一？雨中下午，看雨点纷落，从树梢到树心再到遽落地面，该是多么曲折的行程。有断续的声音，回荡在断续的风中，我不禁沉湎于单独凄清的“美”字之中。

最心动的是当远远近近一排排的昏黄灯泡亮起时，多格玻璃窗映出了圆圆朦朦的黄色灯影，正好周旋在墨绿大叶的边缘，多像一树的果子挂着。整个情调改变了，不再觉得凄冷，反而有一股暖意，柔柔的、罗曼蒂克的，有什么比此时凝窗更让人沉醉？

晴天看树，便看出树的阳刚，树的气概。高大挺拔的身躯，傲视群伦，高高在上，宁愿封着一坛孤独，也不愿折腰与地上花草去说：树也有傲骨。面包树的果实也奇特，椭圆形，像个地球。果实的掉落曾经让我心惊。树梢到地面是一段相当长的距离。树身把果子以丢落的手势抛向泥土，那是一段贬谪的路程，泥上枯干的叶铺成迎接的毯，掉落的刹那，果子以最大的冲力向地面撞个满怀，叶便蜷缩地呐喊起来，回音翳入亘古苍茫的穹苍。

我从未看过这么惊心动魄的陨落，有着悲剧英雄的气概。

仍旧喜欢凝望面包树，那股遗世独立的情愫，在我的眸中，在它纯墨的叶面上，仍旧忧郁着。

木棉树

那次入冬，路旁等车，闲来无事便东张西望。看到高耸入云不着一叶的木棉花，心里有个突发的奇想：有天，我要在屋边也种棵木棉花，等它落光叶，简直可以挂一百件衣服。车来了，我没再想。觉得它真是天然的大衣架，如果矮一点的话。

看木棉开花是种震撼。粗枝交错，像千只青筋暴跳的手托出朵朵厚大如曲掌的橙红鲜花。枯干的枝条，枝枝向天空攫抓，烈橙的花朵，瓣瓣是张着的唇，辩论一个永恒的疑问，而天空没有回答。

我想起《虬髯客传》，不知怎的。

那枝枝缠绕交错，难道不是“赤髯而虬”？那高耸入云，不受他树遮蔽的树身，难道不像顶天立地的彪形大汉？只是不知谁是花中李世民，“不衫不履，裼裘而来，神气扬扬，貌与常异”？令默居末坐的虬髯“见之心死”。谁又是道士？罢弈请去，谓虬髯曰：“此世界非公世界，他方可也。勉之，勿以为念。”

真英雄者，宁为鸡口不为牛后，宁狂醉泣血，不掉滴泪。炽红的木棉花，是否就是英雄血？

真好汉者，既不能得天下，则不予天下。宁是困危于巉岩深山的隐士，也不愿是奔波于市井的小民。

于是，春日舞台上，繁花群树争妍斗艳，尽吐芬芳，唯木棉花，披一件风尘仆仆的粗绿布衣，独立道旁，入定如僧。

问候天空

曾经，在课堂上老师口沫横飞地叙述一个古老的神话：一个不自量力的人疯狂似的追着太阳，终于活活渴死。记得当时自己是个乖乖的女学生，文文静静地专心听讲，照理应该提笔在书页上记下“不自量力”的教训才是。可是，却有一股莫名的情愫自我心底涌出，便锁着眉悼念那位名叫夸父的人。如果他不渴死，一定可以追得到太阳。我想。

某一个夏日的下午，有风。我之所以记得这么清楚，乃是因为这个下午开启了我万里胸怀的豪情，像一把钥匙。我不记得是哪一年哪一月哪一日，只记得自己还很年轻。

天空大大方方地蓝着，在无际的绿稻平原之上。就像夜晚灯下变化多端的蓝色晶体，总让人觉得神秘。可是还不至于深不可测到像一本有字天书。天书有的有字，有的没字。对我而言，无字天书是比较好懂而且内容丰富些。读有字天书需要一等的智慧，读无字天书，则需要一等的心情。那天下午，我读的是一本全开蓝底没有封面的无字天书。踩着脚踏车，左看、右看、上看、下看，反正没有字里行间。书名叫《天空》。

蓝色令我心旷神怡，让我想笑。而远远天边堆垛的云朵，则让我向往，让我想跑。

蓝的天空与白的云，向来是大自然最活泼、亮丽的打扮，像个热爱自由的少年，当然，也十分热情。每次看到那么亮蓝的天空与洁白的云在平原之上耳语时，我的心情就倏地开朗起来。抖落凡间俗事，不再关心计较杂务总总，只是想笑、想跑、想攀登那仰之弥高的云之山峦。对我而言，我最向往的山峰，即是最高的山峰，与实际高度无关。云，即是最高的山峰，高到只能用眼睛去攀登。我向往有一天能躺在云峦那柔柔的曲线里睡一个宁静的午觉。这说来可笑，但我无法禁止自己在看到云朵时不兴起这样的念头。于是，望天的脸庞虽是充满喜悦与笑容，望云的眼神，则是永远不见答案的天问。

那天，看不见阳光，天空是带着神秘的温柔。而云，那真是诱惑。一团团的，像一头撞进太阳的怀里般，沾着粒粒金粉。天边成群的云山云海，则干脆把太阳搂入软绵绵的怀里，云端四周就多了一层薄纱似的淡金黄色的镶边。只看见太阳赤裸的脚趾在云中伸动，看不见他那张陶醉的得意脸蛋。一切变得神秘，令人愉快的神秘。

我骑车弯进路头，那样的下午只能用来唱歌，歌词里有阳光、绿叶、飞鸟，车轮碾歪碎石的声音是伴奏，风在和音。我弯进路头，眼睛一下子亮了起来；看那么宽阔的石子路直躺躺地延伸着看不见尽头，只中间打了几个小折。看蓝得水水的天，看一团白云恰好在远远的路边的一家农舍的竹丛上头，好像不小心被竹子钩住跑不掉似的。真不可思议，我突然雀跃起来，拼命踩着车直往前冲。路上除了我没有别人，我爱这样宽阔的平野任我一个人乱闯的那种感觉，我爱心房的栅栏一下子被撞破，兴奋的触须痒遍全身的那种激情，我爱这广阔天地只属于我一人的狂想，我也爱风在耳边激动地呼啸，把我的头发梳成虬结的、团线的那种痛快。一心一意，我要追赶那团云，趁她还未解掉竹钩时，一头钻进她那如棉如絮又如春日海水的胸怀里。车在颠簸，心也在颠动。恨不得有一双长臂，两手一伸一揽，收集天上所有的云朵，堆成一张弹簧床，轻轻拍一拍，纵身便依偎了进去。于是，我加快速度，决心要追赶那云，啊！云，我的故乡！

第一次，我惊觉自己有着夸父的血统。

然而云是愈追愈远了。农舍经过了，才发现她在河的对岸平原上。想必是她伶手俐脚的，竹钩上一条云丝也没留下地溜了。不知道当初那个被追的太阳是否曾在长河平野上踏下几个慌张的脚印。也许，云本是行于天上的，不似太阳有火轮般的脚，所以不曾下凡来领受我的盛情美意。不过是我的错觉罢了，只是这错觉未免太美了点。

如果蓝天是一本无字天书，云必是无字的脚注。而我急速的车痕翻译云的语言于路面上则是最新出版的注疏。天空以变幻的蓝色铺叙，云以干净的手法描绘，然后交给我的眼睛去印刷，我们都在叙述一个夸父的故事，那个古老却仍年轻的神话。

我读懂了这一本无字天书。

从此热爱天空。无论何时何地，总献上我舒畅的笑声与问候的眼神。

后来，我的走姿变了，低着头，不理一切。凡尘太多，把我的心房占得客满。我很少再去关切天空。那时候，我几乎不再读云，曾经，我认为她是诗的放牧者。也不再殷殷探询季节的消息，曾经，我羡慕她是天庭的流浪汉。她的行囊里该有许许多多想象与美合着的故事，而我不再是爱听故事的少年。没有人能懂我望云的眼神。那时，天空是阴的。

梅雨开始，形成雨季。雨连续着，以一种无奈的落姿。日子开始有霉味。如果是一场滂沱大雨，倒还痛快，最怕的是有一搭没一搭的雨丝，像是乌云对大地不休的诉苦，无可奈何。断断续续的雨，就如断简残篇；不成句的字，不成字的笔画，组成一篇难懂的文章。诉得出的苦其实不是苦，诉不出的苦方是真苦。云的倾诉，向来谁也不懂，大地不爱做考据。

生命的历程中，其实也有雨季。所有的豪情壮志都在一刹那间被打湿了，像湿了翅膀的鹰，沮丧地凝望阴霾的天空，想要振奋，却挣不断细细密密的网丝；想要展翅，却甩不掉羽翼上凝聚的重露。乌云至少还有大地可泄漏，不管懂不懂，泄完了，雨季也就过去了。而无处可诉的苦，日积月累地便在内心形成阴沉的气候，形成没有阳光的一方天空。最悲哀的是，明明心里延续着梅雨，脸上却必须堆垛着虚伪的晴朗。生命之中，总难免有这样的季节。

等待阳光，是最折磨的等待，却又不甘心终日梅雨。有一天，路过淡水，见平畴绿野之上，太阳在一堆泼墨似的乌云之中挣扎。时灭时显的光线，在天空中挣脱着要出来。我突然惊讶，内心深深地感动着。大自然总是无时无刻不在教我认识世界，传授给我力量新生的秘诀。天下没有永远阴霾的天空，只要让生命的太阳自内心升起。我感受到日出的惊喜。

于是，我想起夸父，觉得他与我是如此地亲近。我聆听那血液在我体内窜流的声音，并感受到有一股蛮不讲理的生命力，在我的心里呼啸着，说要霸占整个春天。

于是，昂首，问候天空，伸指弹去满天尘埃，扯云朵拭亮太阳。从今起，这万里长空将是我镶着太阳的湛蓝桂冠。

夏之绝句

春天，像一篇巨制的骈俪文；而夏天，像一首绝句。

已有许久，未尝去关心蝉声。耳朵忙着听车声、听综艺节目的敲打声、听售票小姐不耐烦的声音、听朋友附在耳朵旁低低哑哑的秘密声……应该找一条清澈洁净的河水洗洗我的耳朵，因为我听不见蝉声。

于是，夏天什么时候跨了门槛进来我并不知道，直到那天上文学史课的时候，突然四面楚歌、鸣金击鼓一般，所有的蝉都同时叫了起来，把我吓一跳。我提笔的手势搁浅在半空中，无法评点眼前这看不见、摸不到的一卷声音！多惊讶！把我整个心思都吸了过去，就像铁沙冲向磁铁那样。但当我屏气凝神正听得起劲的时候，又突然不约而同地全都住了嘴，这蝉，又吓我一跳！就像一条绳子，蝉声把我的心扎捆得紧紧的，突然在毫无警告的情况下松了绑，于是我的一颗心就毫无准备地散了开来，如奋力跃向天空的浪头，不小心跌向沙滩！

夏天什么时候跨了门槛进来我竟不知道？！

是一扇有树叶的窗，圆圆扁扁的小叶子像门帘上的花鸟绣，当然更活泼些。风一泼过来，它们就“唰”的一声晃荡起来，我似乎还听见嘻嘻哈哈的笑声，多像一群小顽童在比赛荡秋千！风是幕后工作者，负责把它们推向天空，而蝉是啦啦队，在枝头努力叫闹。没有裁判。

我不禁想起童年，我的小童年。因为这些愉快的音符太像一卷录音带，让我把童年的声音又一一捡回来。

首先捡的是蝉声。

那时，最兴奋的事不是听蝉而是捉蝉。小孩子总喜欢把令他好奇的东西都一一放在手掌中赏玩一番，我也不例外。

念小学时，上课分上、下午班，这是一二年级的小朋友才有的优待，可见我那时还小。上学时有四条路可以走，其中一条沿着河，岸边高树浓荫，常常遮掉半个天空。虽然附近也有田园农舍，可是人迹罕至，对我们而言，真是又远又幽深，让人觉得怕怕的。然而，一星期总有好多趟是从那儿经过的，尤其是夏天。轮到下午班的时候，我们总会呼朋引伴地一起走那条路，没有别的目的，只为了捉蝉。

你能想象一群小学生，穿卡其短裤，戴着黄色小帽子，或吊带褶裙，乖乖地把“碗公帽”的松紧带贴在脸沿的一群小男生、小女生，书包搁在路边，也不怕掉到河里，也不怕钩破衣服，更不怕破皮流血，就一脚上一脚下地直往树的怀里钻的那副猛劲吗？只因为树上有蝉。蝉声是一阵袭人的浪，不小心掉进小孩子的心湖，于是湖心抛出千万圈涟漪如千万条绳子，要逮捕那阵浪。“抓到了！抓到了！”有人在树上喊。树下有人赶快打开火柴盒把蝉关了进去。不敢多看一眼，怕它飞走了。那种紧张就像《天方夜谭》里，那个渔夫用计把巨魔骗进古坛之后，赶忙封好符咒再不敢去碰它一般。可是，那轻纱般的薄翼却已在小孩们的两颗太阳中，留下了一季的闪烁。

到了教室，大家互相炫耀铅笔盒里的小动物——蝉、天牛、金龟子。有的用蝉换天牛，有的用金龟子换蝉。大家互相交换也互相赠送，有的乞求几片叶子，喂他铅笔盒或火柴盒里的小宝贝。那时候，打开铅笔盒就像开保险柜一般小心，心里痒痒的时候，也只敢凑一只眼睛开一条小缝去瞄几眼。上课的时候，老师在前面呱啦呱啦地讲，我们两眼瞪着前面，两只手却在抽屉里翻玩着“聚宝盒”，耳朵专心地听着金龟子在笔盒里拍翅的声音，愈听愈心花怒放，禁不住开条缝，把指头伸进去按一按金龟子，叫它安静些，或是摸一摸敛着翅的蝉，也拉一拉天牛的一对长角，看是不是又多长一节，不过，偶尔不小心，会被天牛咬一口，它大概颇不喜欢那长长扁扁被戳得满是小洞的铅笔盒吧！

整个夏季，我们都兴高采烈地强迫蝉从枝头搬家到铅笔盒来，但是铅笔盒却从来不会变成八音盒，蝉依旧在河边高高的树上叫。整个夏季，蝉声也没少了中音或低音，依旧是完美无缺的和音。

捉得住蝉，却捉不住蝉声。

夏乃声音的季节，有雨打，有雷响，蛙声、鸟鸣及蝉唱。蝉声足以代表夏，故夏天像一首绝句。

绝句该吟该诵，或添几个衬字歌唱一番。蝉是大自然的一队合唱团，以优美的音色，明朗的节律，吟诵着一首绝句，这绝句不在唐诗选，不在宋诗集，不是王维的，也不是李白的，是蝉对季节的感触，是它们对仲夏有共同的情感而写成的一首抒情诗。诗中自有其生命情调，有点近乎自然诗派的朴质，又有些旷达飘逸，更多的时候，尤其当它们不约而同地收住声音时，我觉得它们胸臆之中，似乎有许多豪情悲壮的故事要讲。也许，是一首抒情的边塞诗。

晨间听蝉，想其高洁。蝉该是有翅族中的隐士吧！高踞树梢，餐风饮露，不食人间烟火。那蝉声在晨光朦胧之中分外轻逸，似远似近，又似有似无。一段蝉唱之后，自己的心灵也跟着透明澄净起来，有一种“何处惹尘埃”的了悟。蝉亦是禅。

午后也有蝉，但喧嚣了点。像一群吟游诗人，不期然地相遇在树荫下，闲散地歇它们的脚。拉拉杂杂地，他们谈天探询、问候季节，倒没有人想作诗，于是声浪阵阵，缺乏韵律也没有押韵。他们也交换流浪的方向，但并不热心，因为“流浪”，其实并没有方向。

我喜欢一面听蝉声一面散步，在黄昏。走进蝉声的世界里，正如欣赏一场音乐演唱会一般，如果懂得去听的话。有时候我们抱怨世界愈来愈丑了，现代文明的噪声太多了。其实在一摊浊流之中，何尝没有一潭清泉？在机器声交织的音图里，也有所谓的“天籁”。我们只是太忙罢了，忙得与美的事物擦身而过都不知不觉。也太专注于自己，生活的镜头只摄取自我喜怒哀乐的大特写，其他种种都是一派模糊的背景。如果能退后一步看看四周，也许我们会发觉整个图案都变了。变的不是图案本身，而是我们的视野。所以，偶尔放慢脚步，让眼眸以最大的可能性把天地随意浏览一番，我们将恍然大悟：世界还是时时在装扮着自己的。而有什么比一面散步一面听蝉更让人心旷神怡？听听亲朋好友的倾诉，这是我们常有的经验。聆听万物的倾诉，对我们而言，亦非难事，不是吗？

聆听，也是艺术。大自然的宽阔是最佳的音响设备。想象那一队一队的雄蝉敛翅踞在不同的树梢端，像交响乐团的团员各自站在舞台上一般。只要有只蝉起个音，接着声音就纷纷出了笼。它们各以最美的音色献给你，字字都是真心话，句句来自丹田。它们有鲜明的节奏感，不同的韵律表示不同的心情。它们有时合唱，有时齐唱，也有独唱，包括和音，高低分明。它们不需要指挥，也无须歌谱，它们是天生的歌者。歌声如行云如流水，让人了却忧虑，悠游其中。又如澎涛又如骇浪，拍打着你心底沉淀的情绪，顷刻间，你便觉得那蝉声宛如狂浪淘沙般地攫走了你紧紧扯在手里的轻愁。蝉声亦有甜美温柔如夜的语言的时候，那该是情歌吧！总是一句三叠，像那倾吐不尽的缠绵。而蝉声的急促，在最高涨的音符处突地戛然而止，更像一篇锦绣文章被猛然撕裂，散落一地的铿锵字句，掷地如金石声，而后寂寂寥寥成了断简残篇，徒留给人一些怅惘、一些感伤。何尝不是生命之歌？蝉声。

　　而每年每年，蝉声依旧，依旧像一首绝句，平平仄仄平。

树之黄叶天上来

所有的故事从秋天开始，最美。

从哲学系转入中文系时，正是热夏。我受到季节的影响也着实野心起来，把理则学与哲学概论统统归到一旁，以壮士断腕的姿势，开始猛地念古典文学并且分秒思索我一生之中绝对要完成的三部巨著。那时，我正在打工，当 Baby-sitter，两个小鬼皮得要死，但我有绝对的信心叫他们服服帖帖，每天，当他们一个看《无敌飞舰》，一个看《睡美人》时，我看我的《红楼梦》。

那个暑假，我的心情完全地阳刚。整整两个多月，一个人住在女一宿舍二〇九室，夜晚睡在燠热的木板床上，体肤在疲倦中渐渐瓦解，脑子却还是亢奋的，想黑塞、陀思妥耶夫斯基、乔伊斯或曹雪芹以及我的三部巨著，完全形而上的，甚至连做梦都要在无拘无束的呼吸中。我把四大片窗玻璃全部卸下，不屑于危险的顾虑，睡，要睡在天边。

开学，大跨步去文学院上课，《中国文学史》里夹了一封厚厚的信，我得告诉系主任我的理想。

可是，事情开始有了转变。而且，秋天来了，我的思想呈现哲学性。

课堂上的单音满足不了我，我带着潦乱的笔记（那上面是教授的速写及我的胡思乱想），并塞住满腹强烈的饥渴与失望回到宿舍。心情太重了，以至于翻不动书页；而速写画像撕去后，我的笔记薄了，却仍是空白。就这样，我逐渐成为课堂上的游牧民族，逐水草而居地穿梭在外文系、历史系与人类学系的门外，自己系上的课，大半交给复印机去处理。那封长达八页的陈情信终于没有交给系主任，自己拆阅后，发现当时的热血都已退落不堪，忍不住黯然，便撕了。啊！

我是个叛徒，用行为嘲弄自己的选择。

当日子把榄仁树叶蚀了魂时，我受到警告：“再不去上课，不必去期末考！”

于是，笔记簿里夹着《约翰·克利斯朵夫》一起去上课，万一听不“懂”时，还有得救。

静肃的教室，正方体的三度空间，一个人站着念着，所有的人坐着写着，我像在这透明体之外观看他们。提起笔来，想加入听写的行列，可是，却只能捕捉到一个一个的字，钓到一个又一个的名字，而饮不着思想的醍醐，我只是在练习速记吗？

我放下笔，不再追赶声音。枯坐，思想呈爬虫类状态，无法飞跃。翻开书，抗议式地：

“……克利斯朵夫不复留神谛听他了。自忖：‘他究竟是真信仰呢，还是只不过自以为信仰而已？’……”

我一喜，觑着台上的讲者，心里对他说：“你被骂了，在第二三〇页第八行。”

又一惊，所有的字变成流弹反伤我的自尊，我听到从我的内心射出一道苛责的符命：

“你自己呢？只不过一个人质而已，典当给你的学分！”

我开始清醒，坐在这里做什么？听什么？写什么？捕获什么？当答案只不过是怕“点名不到，无法考试”时，我再也坐立难安，熬到下课钟响，随手收拾收拾便走，至于第二堂课，让它空白吧！

舒展的灵思活络起来了，我深深嗅着秋草的陈香及风的鼻息。闲步去醉月湖，风吹皱湖水，残荷都凉。可以这么自由地去感觉我身边的草木虫鱼，可以加入它们或诠释它们，我感到非常温暖，便行步不知远，把双脚交给路况，把灵魂托给风的翅膀，啊！让我们走出时间与空间的坐标吧！

走出校门口时，沿着傅园的边墙踱着，落叶还是新的，十分静美，愈来愈多。我正检视秋叶的图腾，猜测它们流浪的旅程，突然，一阵天外袭来的旋风荡起我的裙裾并且一口气吹得落叶满天飞舞，风却煞止，落叶无助，纷纷似帆船，缓缓从天上航来、航来、航来……

我看呆了，跌坐在石头上，任秋叶为我受洗（啊！约翰·克利斯朵夫是见证）。直到所有的叶子归还大地，我依然止不住心跳，不敢起身，只敢胆怯地闭上眼眸，在心里轻轻问：

——李白，你来了吗？

然后，故事结束，秋天，不就是一本烫金的《文学概论》？

阳光不到的国度

九月的太阳在天空纵火，把天空熔成薄薄的半透明晶体。云丝早已化成烟散。强烈的光热纷乱地放射，把街道逼得都浮晃起来，仿佛要熔软了似的。慌忙拥挤的车辆，像要掉入深渊般地恐惧着，嘈杂急促的喇叭声，无助地在呐喊。这是九月。

只有行人，静静地躲在树的腋下，寻求短暂的庇护，很满足地擦汗，买五块钱一杯的冰红茶——这是九月，因此咒骂与抱怨并不是太重要的事，对人们而言，有什么比享受冰红茶、冷气房更能忘怀九月的呢？对于季节的虐待，只要维持那份习惯性的安然就可以了，其他的都不是太重要的事。

找寻了很久，才看到这幢建筑物。原以为随便问问便有人指点，没想到偌大的公园逛了许久，竟没有人说出个所以然来。我不能责怪他们的漠视，他们不是有意这样对付生活，他们还年轻，对一个拥有强壮的身体、活跃的精力的年轻人而言，这幢建筑物毕竟太陌生了。就是对我而言，我也仅知道它是在烦热的天空之下，阴冷的泥土之上的一座城堡而已。于是，问到一位佝偻的老者，他拄着杖，用瘦长的手臂指示。依着他的方向，我走出断断续续开着花的公园。

才发现虽是在大马路边，这座城堡也只不过是熙攘冗长的街道上一个方便分段的专有名词。它对九月的意义（或者说，对任何一个月份的意义），只是公交车站牌上的一个名字。甚至有些站牌干脆不用它的命名，改以如花似玉的“新公园”——一个很美的名字，不是吗？鸟语花香，日落月升的联想。而这座城堡，它的名字天生是被诅咒的，是从地狱边缘不得不拾回的一块黑暗。纵然是九月的太阳，也无法温暖它阴然的笔画。

古老的建筑，暗红镶尘白的色调，在浮晃的街道上，有着稳定的冷静。郁郁的面包树展扇忧郁着，透着无可奈何的姿势。四周一圈硬硬的石墙，把这幢建筑护得如同攻不破的城，最起码，到目前为止，尚未被攻破。

我走上那道半斜的坡，在门口停下。烈日的阳光只敢涂到这里，一道门檐伸掌狠狠拦截，于是掌影便大块地侍卫着，似乎连色调也誓不两立，城里城外。

一股冷然迅速地将附在我身上的阳光扯去，像脱去一件薄衫。墨黑色吞噬着我，不禁把双眼闭上，眼帘的酸热也一并冷却。待张眼，我看见自己已站在这巨兽的齿缝间。

乳与白之间的墙壁，从天花板一直刷下。我仰望着，感觉有阴冷之气不断地渗出。细碎的花色地板，拼着莫名的图案，像一方乱了阵法的棋盘，深奥却也荒谬。中间横着大理石询问台，他们尽他们所能地指点，却仍然有许多人走不出这座城堡。有两株高大的绿叶盆景摆在询问台两旁，仿佛在它们之后是一条绿意盎然的道路似的。

交谈的声音此起彼落，像犹豫的梅雨，总是不会停的。鞋底摩擦着上了蜡的光滑磨石地板，不同粗细的泥粒灰尘便像海埔新生地般地浮现着。而明晨，又会有一支什么样的大拖把来吞噬这块不被允许的陆地？有轮子的声音，才发现地上轧着纵横的轮痕，推往各个不同的方向。

愈往里面走，愈觉得晨间的鼎沸已经像一锅燃尽材薪，被冷落的水。一次左弯，宽阔的长廊像退潮的沙岸，无声地裸裎着，安静地让我来丈量这干涸的沙岸有多长，也让其他居住在此的脚步，从靠窗的房间到不靠窗的房间，从楼下到楼上，谨慎地去核对长廊的长度。这长廊该是愈量愈谨慎，长度也就愈来愈长。

好安静。揿了电梯，便在飘浮的药味中等着。电梯内空无一人，在迟缓的上升途中，一阵不确实的空晃感袭进心头，于是记忆渗透着。仿佛这空间曾经是熟悉的，在很远很远的那个年纪。想起有一次捉迷藏，悄声地躲进母亲的衣橱里让他们找不到。听他们就在门外搜索，觉得好笑又得意。橱里的黑暗替我保护着，就算他们开橱，也看不见的。渐渐地，人声远了，只听见老时钟嘀嗒地摆着。他们放弃找我，又去玩另一种游戏。好安静的黑暗，天地突然缩得只有一块黑布的大小，而没有人来掀这块布，因为已经不是捉迷藏了，他们在玩另一种不需要我的游戏。

热腾腾的速溶咖啡，是每天早晨的炊烟。小桌子不很整齐地排着，挤满了穿白色制服的人，弥漫的烟中，似乎连面孔也模糊了。他们互相喧哗着，以一种繁忙而又习惯的语调。手表的指针提醒各自的方向，推椅而起的声音，频率快速的招呼，跨出门槛，便是那条直通通的长廊，一袭洁衣走在上面，总显得薄弱苍白。

一大早便长长一排等待在二楼的座椅上。很安静，只有当新来的脚步经过时，椅子上停滞的眼光才会稍稍地复活。他们很小心地互巡着，也交头讨论一两句。有人还穿着长袖衫，挡一挡偶尔进来的阳光，也挡一挡目光。婴儿是最不会收敛哭声的，掺杂着几声胆怯的斥责，空气很快地又滞着。在这一条没有色调的走廊尽头，有一块很清楚的牌子，写上偌大的三个字“皮肤科”，一抬头就看得到的。

如果病痛是可以交换的话，那么以放弃一些生活的习惯去换取痊愈是相当优惠的交易。但这必须是某个范围之内可以看得见的症状，至少得像那块牌子那么清楚。当那些人拿着横眉竖眼的英文药单去领药时，他们似乎看见那个胆小的病魔以恐惧的面孔在求饶。他们回到生活的轨道，处理繁忙的生活，有时在茶余饭后会以厌烦的语调来享受一下生病的趣味，而他们通常很快就忘记医院了。

好几个人围着一辆推车很快地推来，有女人细碎的跑步声，呜呜地捏着手帕跟在后面。推车碾出两道泥痕，直到一扇门内。地上掉着红色的纸团，许多人坐在椅子上引颈而望，但没有人去关心它。这是个充满血腥的地方，红色是最懦弱的颜色，是不得不有的浪费。

想起一个深夜赶着回家的男人，因为多做了一笔生意，所以在那个没有月色的时刻赶路。一辆卡车疲惫地冲来，又疲惫地冲走。当太阳出来，人们发现，又有一个人累倒在马路上，蜷缩于宿命的血泊。

被注定的意外，不是意外。

在 X 光室前碰到一位老者，六七十岁，条纹睡裤很松地皱着。脚上趿着拖鞋，露出来的脚板，瘦得像北京板鸭的鸭脚，一层暗黄色的皮，打了几个褶地包着看不见的骨。他的上半身裹在一条毛毯里——泛着霉旧的深土色，像久旱将裂的荒芜之地。他的头随着轮椅的轮声而轻晃着，当他停在我的面前，我看到的是一颗裹着皮的骷髅。土灰的脸色，皱纹像深浚大川，很有条理地密布着，尤其在额头。他的眼睛很深，眼皮顶成好几层，眼眶是一圈扩散的黑色。嘴唇紧闭着，两片灰白。他用右手支撑着低斜的头，左手无力地垂在毯子上，五指微张，一动也不动。像干枯的旱土上的一支被弃的耙。他几乎没有目光，让人觉得他是闭着眼的，可是又明明张开。

推他来的是一位胖胖的中年妇人，紫红条纹的衬衫，蓝色的窄裙，裹得浑圆。一张粉脸，眼影、腮红、口红，像综艺节目里的灯光。她一屁股坐在我身旁的椅子上，右手扶着鼓鼓的雕花皮包，左手捏着手绢，一个劲地上下扇着风。眼珠儿溜来溜去，瞧着四周。

护士招呼他们进去，不知道医生们还想知道什么。

生命像个钟摆，不得不开始，不得不在死亡与疲倦之间摆动，然后不得不停止。时间是个铁面无私的监视者，监视着芸芸众生。

隔着玻璃，一排整齐的小床上，睡着好小的婴儿，裹得一身圣洁。小小的头上，微细的发丝，小眼睛闭着，好安详。那红透的小嘴巴，像春晨一朵红玫瑰的初蕾，似乎连一滴露水都载不动似的。小手微微地动着，开始在试探世界的温度，小脚一动一动的，仿佛陶醉在自己的韵律里，又仿佛急着要试试泥土的软硬。每一个孩子生出时所带的神示说：上帝对于人尚未灰心失望呢。泰戈尔是了解的！哪儿来的初啼？哦！孩子，尽情向世界宣布你的降临吧！你曾经是你母亲紫禁宫殿里的东宫太子，既然有敢于到人世的胆量，这人间世的苦难你自然敢于承担。孩子，你的初啼让我热泪盈溢。死亡是一只口袋，盛满了发出诞生之金光的口袋。我不知道我为什么要哭，你的哭声让我忆起生命最原始的脉搏，让我感觉到九月阳光似乎在窗外踮着脚，要裁它温柔之衣为你做襁褓。孩子，看到你起伏的胸浪，我多么惭愧自己呼吸的懦弱……美丽新世界的钥匙有一半在你自己手上的，一个陌生人隔着玻璃祝福你，孩子。

如果生命是个钟摆，至少我们还可以画一道漂亮的振幅去发觉生存的喜悦。如果世界是个垂暮的老者，至少我们还有新泣的初婴，去预约未来的美丽。如果在这座永远不破的城堡里，安排一方僵硬的空间是无法避免的话，我相信，也有那么一间暖房，被慷慨地允许着去开一朵朵向阳的微笑。

在这幢被冷落的建筑里，纵然黑暗是不停地渗透，而黑暗之中，一个个展翅的小天使也不停地降临，他们带着阳光的气息。他们代表明天，明天的明天。

那晚，走在长廊的脚步不再那么沉重，捏着一枚硬币想去找红色电话。

很静，这个时刻应该属于睡眠，应该做日出的梦。由远而近，突然响起轮子的声音，很单调、缓慢。声音愈来愈大，响在黑夜冰冷的磨石地板上，透着一种无法理解的诉说。一个佝偻着的工友推着的，迎面而来，我不经心地望了一眼，推车上盖着布，而布很坦白地透露出一个小小的、安静的人形。推车远了，很疲惫的声音，朝着那个最边缘的方向。这个时刻应该属于睡眠，应该做日出的梦。明天的太阳会是什么样子？每个临睡的小天使都会这样问他们的母亲。一个小小的、安静的人形。

我有着被欺骗之后的疲惫。

独自凭窗站着，心里很乱，又像掏空了似的。窗外是喷水池，水花仍在林叶间穿梭，微弱的灯光中，有着安详的宁静。水声泠泠，像夜曲。没有鸟啼，没有喧哗，只有泠泠水声，只有我的心跳，只有黑暗。

把紧握的拳松开，那枚硬币在掌心中淌汗。黑暗中，币之洁光牵起我最内心的一丝企盼。忍不住庄严地站好，对着喷泉，我要许愿：

上帝，我从来不信。但此刻，我求。如果安排这只巨兽，是为了发泄的愤怒，我相信，这巨兽体内也暗藏了仁慈的。如今，我站在池畔，当它是最温柔的心脏，许一个最奢求的心愿。把微笑还给曾经哭泣的人，把健康还给受苦的人，把生命还给热爱生命的人。当这枚硬币投下，我期待听到的心声对我慷慨允诺：让阳光，回到阳光不到的国度。

夜的独白

——生活细笔之三

白天里，我们看到一草一木，并非我们的眼睛本来就能看清楚万物，而是太阳照亮一切。

夜里，我们如浸于浩瀚墨海，再圆大的眸子都是虚设，只因少了一个太阳。

人的心中是否也有两个相对的天空，一个是艳阳高挂的白昼——我们能够看清楚对方的一颦一笑，听到他的声音里蓄着的是喜是悲。我们能无误地辨认哪一张脸孔该配哪一个名字，我们知道谁是谁。如果对方把另一个天空翻转在我们的面前，那么一切的存在都将变成不存在，除了黑暗还是黑暗。

那是我大学生活新鲜人生阶段的最后一天，或者该说最后一夜。和三五好友择一处柔软的草地，庆祝漫长假期的来临，其实不必安上这个笨拙的理由，年轻人聚在一起，有很多时候是不讲理由的。那天，依例是从“吃”开始的，大快朵颐之后，便是笑闹一团：有的唱歌，有的闲嗑牙，有的争吵笑骂，有的大吹牛皮……一群不知忧不知愁的孩子，那真是管它天高地厚的疯子一堆！

渐夜，歌声渐止，笑声停了，闹声也息了，黑暗中，谁也看不清谁的面孔，只有偶尔传来一声呼吸的鼻息，才知道有人正在附近。有的蜷坐在草地上，一动也不动；有的伫立在湖前，如一根早已形成化石的柱子；有的，也许在只有他们才知道的位置上静坐，也许离我很近，也许很远。我慢慢踱到湖边，坐在栏杆上凝望湖中微光。我喜欢夜的神秘，总让人不知不觉地触到心之深深处的纠结，而借夜的黑，夜的掩隐，吞吐心衷，做有声与无声的独白，夜，让我想哭。

感觉有人在我身旁不远，我不知道他是谁，而我也不想知道他是谁。我如浸在波涛起伏的思想之海，随波而上而下，亦左亦右，我不知道自己的方向，见顺流是逆流，只知道自己整个地浸在思想之海里。睁开的双眼，不眨地凝湖，视而不视，耳仍是耳，只是闻而不知所闻为何。觉得一切离我遥远，有一份本然的陌生，所有的名词都成为废土。

有人叫我，是他，一个刚刚才记得名字的人。他问我在想什么，我摇摇头，算是回答，也算是不回答，事实上不知如何答起，因为连我自己也不晓得在想什么。

我轻轻踱着，有一个声音隐隐传来，从树丛后面的草地，那里有一群人围坐着："为什么人要活下去！"没有人响应。那声音幽幽地继续，"人活着到底有什么意义？"一阵沉默。"有时我会想，我的出生不是我所同意的，难道我是否要继续活下去，也不必经过我的同意？是谁在安排？""我，不经自己同意地被生下来，是否我继续活着，也只是要另一个人不经其同意地被我生下来……有时候，一切都是清清楚楚、明明白白的。有时，一刹那，什么都搞不清楚，什么都变模糊……”一阵沉默。

我们常问“为什么存在”，更常问的是“如何存在”，明天，也许我们会忘掉这些疑问；明天，又会是新的一天。只是，这些疑问将保留在每一个明天之中。也许会是永远，老死了，还是一无所知，一无所有，愚钝的生命。

隔不远是系里的男生在对酌，是如何陈年的心事，需要借酒来透露？胡是醉了，吴略有五分，他毕竟是耐得住的人，只闷着喝“心事”。唐尚清醒，老徐也喝了一些，那程度正好是一个人的灵魂最活泼的时刻。谢平常独来独往的，吐了真言，竟让人难受。一个奇幻的夜晚，一群在白天里以不同的音调互相招呼微笑的伙伴，在夜里倾吐各人之胸臆真言，竟是同一个声音。夜，沁凉如水，湖中央荡曳着月光，道尽多少尘世的嚣闹！而入夜，总是一色的玄黑，独星与月，烁烁有光；入夜，总是一样地看不清谁是谁，独心与心的语音，直接对白。

大道上的深夜，我的影子长长。相信此时的大道是极为干净的。白昼虽有无数的脚痕熙攘，总是踩不透凝固的柏油去留个脚印，所以风是很轻松地吹过就干净了，像我们的生命之于宇宙。路灯把我投射在柏油路面上成一不规则形的影子，我想回家。

但，夜是深了，家的方向还没有找到。

不系乾坤系流年

一切都是偶然。那日行路而过，看见书店挂墙上一横幅的书卡，各式各样。忍不住慢步，仰头去瞧，但并没打算瞧到悦人心目的。近年来的书卡，我已不大爱了，市侩气太重。就是连原有的五六百张，再看的时候，也不免要笑自己视觉太浅，纷纷送人或丢得远远。可以花五年的时间一沙一砾筑我的书卡王国，可以一霎，劈垣断柱，让它碎成一沙一砾。书卡不会变吧！那么变的是我了。把昔时今日混在一起想，真要为那些卡片伤心了。

就连那日停伫观壁，也只不过是流连心情，不是很认真。正当要回身，忽然有一种隐约的美感牵绊着我的眼，因此心头一亮，小小的兴致活络起来。

柔柔的画面，一如帷幕中初眠的稚童，带着善意的、顽皮的浅笑。或者是林荫薄晨，或者一捧初开的小小雏菊，或者是一朵带露玫瑰，微醺如香细凝汗，微敛如美人心内的羞怯……这些这些，我于九丈红尘之中，是许久未见的。遇目一霎，不禁怦然如清泉乍流。

虽然泥金字体着实破了画面，又要加上一两句真真惹人不快的话，但我怎能要求太多？如此不求而得，无异是瓦砾中过，而有碎玉之获，该不该拱手一拜，但言感激？

揣回来之后，想要好好珍惜。能系上些什么，编成穗子，那么牵挂也就会很长了。

问问路旁老妪："何处可以买到丝绳？"她回问："可是绣花的那种？"不是，不是。我不要绣花的线，也不要绣什么暖花归鸟的。那样安稳的春日图，花总也不老，鸟总也不死，看了十年二十年，春日都还没过去。我说，我想系卡片的，有没有那样的绳，系着之后，我的薄晨林荫也不旧，我的牵挂丝穗也不断。而隔着烟火弥漫，她正给隔桌的客人下面，十分忙碌。一团一簇的烟散也不散，在她与我之间，我遂望不清她的脸孔，至此，也就不该再问。

其实，自己也不知道要找什么样的绳，不知道要剪多长的绳。

曾经心中有过一条的，无限且坚美。用来系山峰云岳，作为我游憩之屋。用来系飞瀑流泉，作为盛水之坛。也系初日之光，以为羽翼。也系落日云霞，以裁衣。月牙儿无梯，沿绳而上，有风飘然，趁机抖抖，一身尘埃羽衣。闲观人间而眠，自有夜，覆我以星被。

有一天，站在空间之极峰，揽绳，要系千年之前，万年之后的盟约。而绳脆然而落。

是不是断了？

是不是断了！

是不是，断了。

问问那小店面里一个坐着看电视的女人。她说“有”，遂拈出一个线头来，问我要多长。我实在不能决定，当然想愈长愈好，就问有多长。她很迅速地一收一放，把货放在我面前，也没有多长。我付款的时候，问她知不知道怎么系，她因回身找钱，没听到我的探问。想来自己问得真傻。也许，回头该去看一看那位面摊老妇，看她如何把烟火人生系在腰间裙际。

怎么个结法？指间勾绕了半晌，依然不得法。只得出门到书店去，随便翻一翻，有双龙献瑞、有古钱三结、有镂心梅花……总之，都纠纠结结，十分地难。回来呆坐案前，瞧瞧案上曲折的线死去了般。想到今日昔时，悲的是自己。

看看烫金的卡，细细的线。有千般的是，亦有千般的不是，且都在心头忍下。卡中，细细看的话，还是可以看到山川日月的。而线呢？

一剪一剪又把它截成几段。因为牵挂不会像乾坤那么长，且系一系流年吧！单结、双结，仔细穿过卡洞，这一系，总要留些时日的。还不及欣喜，手肘压到卡线，只一抽，绳自是绳，卡自是卡。我恍惚有了隔世之感。一手托绳，一手执卡，沉思许久。这一绳一卡，是系之前的流年，也是系之后的流年。

走过一处荒凉

月的天使

月光照着蒲葵树，扇叶的影子拂着儿童的脸蛋。他们三人不知什么时候开始在草地上嬉戏。我坐在远处看他们，啊！像在偷窥月的天使。

他们是一个小女孩、两个小男孩，有五六岁。小嘴巴翕动着，但我听不清楚声音，无法分辨是天籁抑或是人籁。中间隔着路，来来往往的脚步声，唉！可恶。

小女孩与小男孩游走于花丛之间，不知采摘什么。一会儿之后，两个小男孩跪在草地上，小女孩站在他们面前，不知说着什么。仿佛带着笑，月光照着他们，像在答谢，世界静止了。

太美了，我不忍再看，便走。走后，一直无法忘怀，便害怕到今。

有人看见他们吗？是活抑或死？在这个充满尘埃的世界。

廉价

去士林夜市，地摊旁边搁着一个破摇篮，里头躺着一个无性别的小孩，头肿得很大，他似乎在蠕动，试着翻身，逃离这个污浊的地方、腥臭的空气，以及尊贵的高跟鞋或皮鞋经过时所扬起的尘埃。

我随着人潮经过那孩子，铜板的声音一两声之后，人们就各走各的了。我回头，搜寻那孩子，人的声浪及笑靥遮断我、阻挡我，我只想，我只想走回去问问那孩子：“你痛不痛？”

但是，我没有这么做，慌张地搭车逃了。我恨我自己："你只不过是个懦夫！"我鄙视。

后来，我没有再去士林，因为我在心里祝福那个孩子能够迅速且无痛苦地死去。

瓶中婴

阿玩的家在延平北路，她请我与美智去走走。

"我带你们去看延平北路的土产！"

千回百转的巷道，终于来到一家大型的妇产科门前。玻璃陈列柜里排列着一个个玻璃瓶。

"哪！从一个月到十个月！"

那是早产或被拒绝承认的婴儿的标本！来不及啼哭，来不及控诉，生命结束。

"来自柔弱的东西，都是恶的。"——尼采。

把欲的惩罚转移于一个毫不能抵抗的生命之上，以获得无负担的闲逸，我认为卑鄙。如果有人明知卑鄙而故犯，不管他或她拥有何等坚强、漂亮的理由，站在尊重生命的立场，他们必将以永生的愧疚进行自我的煎熬。

《卡拉马佐夫兄弟们》一书里，陀思妥耶夫斯基借着伊凡的口问道：

“假使你自己要建筑一所人类命运的房子，目的在于最后造福人类，给予他们和平安谧，但是为了这个目的必须去折磨单单一个小小的生物，就是那个用小拳头叩击胸脯的婴儿，在他那无可报复的眼泪上面建造这所房子，你答不答应在这个条件之下做这房子的建筑师呢？……”

而何况，多少人建筑这所安谧的房子只是为了一己的退避所，无关乎人类的幸福！《蓼莪》篇“顾我复我，出入腹我”的天然至爱在这些瓶中婴儿面前显出最大的反讽。如果世上有婴灵，当拒绝他们的男女再度缠绵于欲的冲动时，他们来到面前，幽幽一问：“民莫不穀，我独何害？”这些活生生的人，还有何容颜？！

生命的脆弱，在于无权控诉即被宿命的巨轮碾碎，一个个热活活的婴儿就这样被装入玻璃瓶，成为标本，静静地长眠。他们没有名没有姓，他们只是欲望的床笫上，一粒不受欢迎的沙。他们只有死亡。